무림세가
전생랭커

무림세가 전생랭커 8

2021년 9월 24일 초판 1쇄 인쇄
2021년 9월 29일 초판 1쇄 발행

지은이 산보
발행인 김정수 강준규

기획 이기헌 왕소현 박경무 강민구
책임편집 천기덕
마케팅지원 배진경 임혜솔 송지유 이영선

발행처 (주)로크미디어
출판등록 2003년 3월 24일
주소 서울시 마포구 성암로 330 DMC첨단산업센터 318호
Tel (02)3273-5135 **편집** 070-7863-0307 Fax (02)3273-5134
홈페이지 rokmedia.com **E-mail** rokmedia@empas.com

© 산보, 2021

값 8,000원

ISBN 979-11-354-9854-1 (8권)
ISBN 979-11-354-9773-5 04810 (세트)

산보 신무협 장편소설

8

ROK
MEDIA
로크미디어

차례

1장

　-그으, 흐, 그으.

　헛숨이 새어 나오고 있는 조용의 입속에는 단 하나의 이빨도 존재하지 않았다. 완력으로 전부 뽑힌 것이다.

　너덜너덜해진 용피에는 피가 굳어 있었고, 갈라진 상처에서는 뼈와 살점이 그대로 비치고 있었다.

　그런 참혹한 상황이었음에도 조용은 초점 없이 흐리멍덩해진 눈빛으로 거체를 꿈틀거리기만 할 뿐이었다.

　한 번도 경험해 보지 못한 극한의 고통에 인외의 존재라 불리는 각룡의 정신이 완전히 붕괴한 것이다.

　그때였다.

　푸욱!

섬뜩한 소리와 함께 조용의 눈동자가 아예 빛을 잃었다.

조금의 흔들림도 없이 유신운이 놈의 뇌 속 깊숙이 최후의 일격을 욱여넣은 탓이었다.

그리고 그렇게 해야 할 일을 마치자마자 유신운의 눈앞으로 수많은 시스템 메시지가 떠올랐다.

[경험치가 최대치에 도달했습니다.]

[레벨이 상승하였습니다.]

[99레벨을 달성하였습니다.]

[조건을 만족하여 새로운 칭호, '드래곤 슬레이어'를 획득하였습니다.]

[무공, 뇌운십이검에 대한 새로운 심득을 터득하였습니다.]

[심득으로 인해 무공, 뇌운십이검의 모든 초식이 강화됩니다.]

[보상으로 '각룡의 여의보주(如意寶珠)'를 획득하였습니다.]

[보상으로 '용각(龍角)'을 획득하였습니다.]

[보상으로 보패, '번천인'을 획득하였습니다.]

[신규 스킬, '백귀야행(百鬼夜行)'의 봉인이 해제되었습니다.]

[신규 스킬, '원령화원(怨靈花園)'의 봉인이 해제되었습니다.]

[신규 스킬, '생자포식(生者捕食)'의 봉인이 해제되었습니다.]

레벨 상승, 새로운 칭호, 무공의 강화, 새로운 스킬과 보상.

'흐음.'

메시지에는 기쁜 소식만이 가득했지만, 유신운은 무언가 못마땅한 표정이었다.

한데 그럴 만도 하였다.

정작 유신운이 가장 기다리고 있던 두 가지가 빠져 있었기 때문이다.

스윽.

유신운이 생기를 잃은 각룡의 사체에 자신의 손을 가져갔다.

그러자 그 순간.

스아아!

유신운의 손에서 흘러나온 음의 마나가 조용의 사체를 단숨에 휘감고는 미친 듯이 요동치기 시작했다.

우우웅! 우웅!

하지만 지금까지 유신운이 스킬을 시전할 때와는 반응이 완전히 달랐다. 각룡의 사체가 몸속을 파고드는 유신운의 기운에 거세게 저항을 하고 있는 것이다.

마치 타락을 거부하는 성자의 의지와 같았다.

그러나 그 저항은 오래가지 못했다.

촤아아! 스아아!

'우습군.'

유신운이 작정하고 자신의 기운을 끝도 없이 퍼붓기 시작하자 굴복할 수밖에 없었다.

[각룡의 사체를 획득하였습니다.]

[플레이어의 의지가 '각룡, 조용'의 드래곤 본을 장악하기 시작합니다.]

[조건을 만족하여 자동으로 '본 드래곤 제작' 스킬이 활성화됩니다.]

'됐다.'

그 순간, 유신운은 속으로 쾌재를 불렀다.

드디어 전생에 자신이 지녔던 최강의 소환수 중 하나인 본 드래곤을 얻게 되었다. 혈교를 상대할 또 하나의 비장의 무기를 완성한 순간이었다.

촤아아! 파아앗!

그렇게 유신운이 본 드래곤을 얻게 되자 갑자기 공간이 붕괴되기 시작했다. 술법자가 사라진 공간진이 무너지고 있는 것이다.

유신운은 본 드래곤으로 변이가 진행되고 있는 조용의 사체를 간이 아공간에 집어넣고, 나머지 모든 소환수들 또한 역소환을 하였다.

파아앗!

곧이어 진법이 풀리고 나자 유신운은 어느새 싸움이 시작되었던 반파된 신당의 가운데에 서 있었다.

'본 드래곤은 얻었으니, 이제 남은 두 번째를 찾아볼까.'

생각을 마친 유신운은 눈에 기운을 불어넣고 신당의 주변을 자세히 살피기 시작했다.

그가 찾고 있는 것은 당연하게도 동화선결의 후반부였다.

조용을 해치웠음에도 보상으로 동화선결 후반부는 얻지 못했던 것이다.

전투를 치러본 결과, 조용의 동화선결은 완성된 상태가 아니었다.

그렇다면 분명히 이곳 어딘가에 수행을 하는 데에 사용한 비급이 숨겨져 있으리라.

그렇게 신당을 면밀히 살피던 찰나.

달칵.

'역시!'

유신운은 숨겨져 있던 지하로 내려가는 출입구를 발견하였다.

출입문을 들어 올리고 신당의 지하로 내려가자, 유신운이 가장 먼저 느낀 것은 지하 전체를 가득 채우고 있는 음험하기 짝이 없는 기운이었다.

'마을의 지기와 양민들의 기운이 이곳에 강제로 묶여 있어.'

유신운은 금세 기운의 정체를 파악해 내었다.

곧이어 유신운은 기운들이 향하는 마지막 종착지에 도착하였다.

좁은 통로에서 나오자 넓은 공간이 펼쳐졌다.

'이곳은?'

유신운의 눈에 이채가 떠올랐다.

수많은 초석들이 바닥에 놓여 있었고, 가운데에 놓인 가슴 높이의 돌기둥에 비급이 있었다.

유신운이 비급을 향해 성큼성큼 걸어 나가자.

스으으! 콰아아!

공간에 가득 쌓여 있던 음기가 폭풍처럼 휘몰아치며 유신운의 전신을 파고들었다.

평범한 이라면 기의 폭주로 칠공에서 피를 토하며 죽었을 터지만.

'가소롭군.'

유신운은 코웃음을 치며 진광라흡원진공과 사기 추출을 발휘해 파고드는 기운을 모조리 흡수해 내기 시작했다.

어찌할 바를 모르고 발악만 하던 기운들이 결국 유신운의 수중에 떨어진 그때였다.

['중양궁(重陽宮)'의 터에 깃든 저주를 해주하셨습니다.]

생각지 않은 이름이 나타났다.

'아, 그랬던 건가.'

유신운은 깨달음을 얻은 표정이었다.

자신의 주변에 펼쳐져 있는 초석들을 보고, 유신운은 본디 조용이 신당을 세운 이곳에 다른 전각이 새워져 있었음을 알아차렸다.

하지만 그곳의 정체가 중양궁.

곧 멸문한 전진파(全眞派)의 본궁임은 조금도 예상하지 못하고 있었다.

동화제군(東華帝君), 중양궁, 그리고 동화선결.

모든 조각들이 하나로 합쳐지며 비로소 유신운은 동화선결이 어느 곳에서 파생된 무공인지를 깨달았다.

'동화선결은 전진파의 힘이었어.'

유신운은 깨침과 동시에 돌기둥에 놓여 있는 비급에 손을 뻗었다.

그리고 비급을 펼친 순간.

['동화선결 후반부'를 입수하셨습니다.]

[잃었던 가르침을 회수하였습니다.]

[히든 조건을 만족하여 '동화선결 신운류'가 변화하기 시작합니다.]

유신운은 또 다른 힘을 얻게 되었다.

그로부터 며칠 후.

어둠이 내려앉은 야심한 시각.

종남파의 본궁에서 담풍과 추준경이 심각한 표정으로 대화를 나누고 있었다. 그들의 화제는 역시나 위무영의 움직임에 대한 것이었다.

"정말로 놈들이 아직 신투의 무덤은 찾지 못했다는 말이지?"

"예, 스승님. 걱정하지 않으셔도 될 듯합니다. 세작을 붙여 일거수일투족을 감시하고 있는데 날마다 밤낮으로 찾아다니고 있지만, 조금의 단서도 얻지 못하고 매번 허탕만 치고 있다고 합니다."

추준경의 말에 담풍의 얼굴에 미소가 떠올랐다.

"끌끌, 지도를 함께 보았다기에 혹시나 했더니. 자신의 안내가 없으면 절대 길을 찾을 수 없을 거라는 의원 놈의 말이 사실이었구나. 그래, 그럼 화산도 확인을 해 보았느냐?"

"아, 옙. 그런데 스승님의 말씀대로 화산파는 아무런 움직임을 보이지 않습니다."

"후후, 역시나 그렇군. 우리에게는 천운과 같은 일이다."

"예? 그게 무슨 말씀이신지?"

"쯔쯔, 네 녀석은 아직도 칼만 휘두를 줄 알지 머리를 제대로 쓰지 못하는구나."

담풍이 혀를 차며 말을 꺼내자 추준경이 끄응 하며 침음을 삼켰다.

이어 담풍이 고개를 가로저으며 설명을 해 주었다.

"아직까지 화산파가 움직이지 않는다는 것이 무엇을 뜻하겠느냐. 담천군이 신투의 보물에 대해 파악하지 못했다는 뜻이다."

"아!"

그 말을 듣고 나서야 추준경이 탄성을 내질렀다. 장보도에 대해 알게 되었다면, 화산파가 가만히 있을 리 없었다.

그렇다는 이야기는 위무영이 모든 것을 독차지하기 위해 상부에 보고를 하지 않았다는 것을 의미했다.

담풍이 비릿한 미소를 지어 보이며 말을 이어 갔다.

"후후, 그놈과 호위대의 실력은 같잖은 수준. 설령 놈들이 보물을 챙겨 나오는 우리의 뒤를 노린다 하여도 조금도 무서워할 필요가 없지."

"거기까지 파악하시다니. 이 부족한 제자는 스승님의 심계에 그저 놀랄 따름입니다."

담풍은 추준경의 말에 콧대를 한껏 높이 세웠다.

"아무튼 우리는 그 의원 놈만 제대로 쥐고 있으면 되는 것이다."

"예! 아직도 일대제자들을 붙여 감시와 호위를 겸하고 있습니다."

"흐음, 별다른 특이 사항은 없느냐?"

"보고를 들어 보니 정말로 미친 듯이 약초만 채집한다고 합니다. 아, 그런데 의술이 정녕 뛰어나기는 한 모양입니다. 하루는 잠시 들른 마을에서 역병을 고쳤다고 하더군요."

"……역병을?"

"네, 이번에는 나병을 고쳤다고 합니다."

반위에 이어 나병이라니.

지금껏 반신반의했지만 소신의라는 이름이 괜히 붙은 것이 아닌 모양이었다.

하나 무슨 이유에선가 담풍의 표정이 못마땅해졌다.

"의원 놈에 대한 소문이 더 퍼지기 전에 쓸데없는 의행을 못 하게 막아라."

"아, 네넵. 알겠습니다."

그는 양민들을 고쳐 준 걸 마음에 들어 하지 않은 것이다. 괜히 의술에 대한 소문이 커져 유신운을 노리는 이들이 많아

질까 봐서였다.

하지만 그가 손을 쓰기에는 너무 늦은 상태였다. 종남산의 소신의, 유의태에 대한 소문은 이미 전국으로 퍼지고 있었으니까.

유신운은 이때까지만 해도 전혀 알지 못했다.

자신이 만들어 낸 비밀스러운 신분이 또 다른 인연을 불러오는 계기가 될 줄은 말이다.

하지만 그것은 아직은 펼쳐지지 않은 미래의 일이었다.

한데 그때였다.

타닥.

"엇!"

추준경이 무언가에 깜짝 놀랐다.

갑자기 천장에서 흑의인이 모습을 드러낸 것이다.

그는 담풍에게 다가가 은밀히 무슨 말을 속삭였다.

"뭣이!"

전령의 말을 들은 담풍의 표정이 경악으로 물들었다.

전달 사항을 모두 전한 흑의인은 다시금 모습을 감추었다.

'이런.'

심각한 표정이 된 담풍은 추준경에게 말을 꺼냈다.

"……너는 내일이 되는 데로 의원을 더욱 닦달하거라. 양명환의 제조를 최대한 빨리 만들어야 한다."

스승의 갑작스럽게 반응에 추준경이 고개를 갸웃하였다.

"혹시 서두르시는 이유가 있으십니까?"

"그건 곧 사파련에서……."

"예?"

담풍이 말을 꺼내려다가 순간 멈추었다.

"……아니다. 나중에 말을 해 주마."

잠시 고민하던 담풍이 말을 아꼈다.

방금 흑의인이 말한 것은 담천군이 자신을 따르는 장문인들에게만 전한 극비 사항이었다.

'뭐, 조심하여 나쁠 건 없겠지.'

담풍은 제자에게 말해 주는 것을 보물을 찾고 난 이후로 미루기로 하였다.

한데 그때였다.

"계십니까."

갑자기 방 바깥에서 익숙한 목소리가 들려왔다.

호랑이도 제 말하면 온다더니, 다름 아닌 유의태의 목소리였다.

"그래, 이리 야심한 시각에 의원님께서 어쩐 일이신가."

"아, 죄송합니다. 기쁜 소식이 있어 찾아 뵈었습니다."

기쁜 소식이라는 말에 두 사람의 눈이 반짝였다.

'……혹시?'

그리고 다음 순간.

"양명환의 제조가 완료되었습니다. 내일 해가 뜨는 대로 바로 출발하시지요."

두 사람의 눈에는 탐욕이.

'이제 너희가 함정에 빠질 차례다.'

유신운의 눈에는 살기가 피어났다가 사라졌다.

~~~

상주의 깊은 산길을 일단의 무리가 이동하고 있었다.

하나같이 긴장한 표정의 그들은 서슬 퍼런 칼날 같은 기세로 주변을 경계했다.

해가 뜨자마자 부리나케 신투의 보고(寶庫)로 여정을 떠난 종남파의 무인들이었다.

"이곳까지는 함정이 없는 것 같습니다. 서두르셔도 될 듯합니다."

그러던 그때, 유신운의 목소리가 멀리서 울려 퍼지자 종남파의 인원들이 발걸음을 재촉했다.

무리보다 한참 앞, 유신운이 먼저 이동하며 무인들에게 위험의 유무를 알려 주고 있었다.

유신운의 말에 화색을 띠며 종남파의 제자들이 얼른 뛰어 올라가기 시작했다.

"크윽!"

한데 갑자기 종남파의 이대제자 중 하나가 신음을 흘렸다.

곁에 있던 추준경이 급히 다가가 살피자 서두르던 중에 주변의 기초(奇草)에 손을 베인 것이다.

치이이.

연기를 내며 상처 부위가 타들어 가고 있었다.

추준경이 급한 대로 품속에서 금창약을 꺼내 발라 주었다.

"주변의 아무것도 절대 건드려서는 안 된다는 의원님의 말을 잊었느냐!"

"크윽! 죄, 죄송합니다."

그렇게 지켜보던 추준경은 잠시 후, 다행히 사제의 증상이 완화되는 것을 확인하고는 다시금 앞으로 나아갔다.

그러면서 자연스레 주변을 훑어보던 그는 속으로 안도의 한숨을 내쉬었다.

'정말이지 의원님이 없었으면 말도 안 되는 피해를 입을 뻔했군.'

그런 생각을 할 만도 했다.

이곳이 정녕 자신이 매번 오르내리던 상주의 산길이 맞는지, 그의 눈앞에 생전 처음 보는 온갖 기화이초(奇花異草)들이 펼쳐져 있었으니까.

흉악한 독기를 숨기고 있는 그것들에 대해 미리 유 의원이 위험성을 알려 주지 않았다면, 보고에 도착하기도 전에 상당한 전력이 영문도 모르고 이탈해 버렸을 것이다.

그리고 그런 상황인지라.

'정말 이름처럼 소신의야.'

'유 의원님만 계시면 다칠 일이 없을 거야.'

추준경을 비롯한 종남파의 제자들은 이제 모두 감탄과 신뢰가 가득한 눈빛으로 유신운의 뒷모습을 바라보고 있었다.

하지만 종남파의 무리 중 단 한 명은 이런 상황을 달갑게 생각하지 않았다.

'쯔쯔, 이놈들은 혼이 단단히 나야겠군. 한낱 의원 나부랭이를 의지하는 꼴이라니.'

제자들을 영 못마땅한 눈으로 바라보며 담풍이 속으로 생각했다.

그런 상황이 이어지던 찰나.

처척.

마침내 앞장서던 유신운이 발길을 멈추었다.

그리고 돌아선 그의 입에서 종남파의 모두가 기다리던 한마디가 떨어졌다.

"도착했습니다."

신투의 보고에 도착했다는 말에 모두의 표정이 환하게 빛났다.

하지만 그것도 잠시.

주변을 살피던 모두의 얼굴에 의문의 빛이 떠올랐다.

"……정녕 여기란 말이오?"

얼굴이 딱딱히 굳은 담풍이 유신운에게 말을 꺼냈다.

담풍이 한 번 더 확인하는 이유는 간단했다.

유신운이 멈춘 주변에는 어떠한 것도 없었기 때문이다.

비동도 무덤도 창고도, 어떠한 것도 없었다.

그냥 산 중턱에 펼쳐진 넓은 빈터만 있을 뿐.

그러나 유신운은 주변의 심각하기 그지없는 분위기에도 아랑곳하지 않으며 대답했다.

"예, 지도에 나온 표식지는 이곳이 맞습니다."

당당한 유신운의 태도에 담풍의 속에서 서서히 분노가 치밀어 올랐다.

'단환을 제조하는 재주에 속은 것이로군. 한낱 의원 놈팡이가 대종남파의 장문인인 나를 희롱해?'

담풍이 그대로 허리에 맨 검을 출수하여 사기꾼 놈의 목을 베어 넘기려던 그때였다.

"어어?"

추준경의 당황에 찬 목소리가 울려 퍼졌다.

모두의 시선이 추준경에게로 향한 순간.

"……!"

그들의 눈앞에 기현상이 펼쳐졌다.

촤아아!

추준경의 가슴팍에서 신묘한 빛이 뿜어져 나온 것이다.

파앗!

모두가 눈을 휘둥그레 뜬 순간, 갑자기 그의 가슴팍에서 무언가가 튀어 나왔다.

'저건!'

검파를 잡은 손을 내려놓고 담풍이 놀란 눈빛으로 허공에 떠오른 물건을 바라보았다.

우우웅! 우웅!

일대신투의 상징인 동천건이 허공에서 빛을 발하며 요동치고 있었다.

갑자기 이런 상황이 펼쳐진 이유는 하나였다.

'속인 것이 아니었나!'

의원의 말대로 이곳이 바로 장보도에 적힌 표식지가 맞았던 것이다.

두두두! 두두!

동천건의 빛이 맞닿은 대지가 지진이 난 듯이 흔들리기 시작했다.

그리고 마침내.

쩌저적! 쩌적!

"허억!"

"저, 저건!"

땅이 활짝 열리며 그 속에 숨겨져 있던 통로가 모습을 드러내었다.

지하비동으로 들어가는 구멍은 하나가 아닌 세 개였다.

'의심할 여지가 없다! 저곳이 바로 일대신투의 비동이야!'

'정말이지 범상치 않은 기운이 흘러나오는군!'

겁박할 때는 언제고, 탐욕에 눈이 돌아간 그들의 모습을 바라보며 유신운이 속으로 혀를 찼다.

'뭐, 이 정도 쇼라면 안 속아 넘어가는 게 이상하긴 하지.'

그때, 가장 먼저 제정신을 차린 담풍이 입을 열었다.

"지 장로, 민 장로."

"부르셨습니까!"

"예!"

그의 부름에 따라 중년 무인 둘이 한 발 앞으로 나섰다.

둘 다 종남파를 대표하는 장로들인 홍엽귀수(紅葉鬼手) 지동곽(池東廓)과 적성패검(摘星霸劍) 민학(閔鶴)이었다.

"비동으로 향하는 출입로가 세 곳이니, 우리도 병력을 세 개 조로 나눠서 들어가도록 하겠다."

현재 종남파의 총인원은 124명으로 담풍과 추준경, 두 장로 그리고 일대제자 120명으로 이루어져 있었다.

이를 세 개 조로 나누니 담풍과 추준경의 1조, 지동곽의 2조, 민학의 3조가 만들어졌고.

각기 일대제자 40명씩을 조원으로 두게 되었다.

한데 그때였다. 눈치를 살피던 민학이 슬그머니 담풍에게 말을 꺼냈다.

"……저, 그럼 유 의원은 어느 조가 데려가게 되는지."

민학의 말에 지동곽과 추준경은 선수를 빼앗겼다는 표정

이었다.

장로들 두 명과 추준경 모두 유신운과 함께 입성하기를 바라고 있었다.

이곳까지 길 안내를 하며 온갖 위험을 알려 주고 상처를 치료해 주었던 것이 인상에 깊게 남은 탓이었다.

그 모습을 한심하게 바라보던 담풍이 유신운을 바라보며 말을 꺼냈다.

"아무래도 의원의 뜻대로 해야겠지. 유 의원은 어느 쪽에 합류하고 싶소?"

담풍의 말에 모두의 시선이 유신운에게로 모인 순간, 유신운이 한숨을 푹 내쉬며 그들이 전혀 생각지 못한 말을 꺼냈다.

"휴우, 제가 선택할 처지일까 싶습니다."

"예? 그게 무슨 말씀이신지?"

"말씀드리기 죄송하지만, 비동의 내부에서 뿜어지는 기운이 저에게는 상극입니다. 더 이상 제대로 된 안내는 할 수 없고, 제 역할은 고작해야 혹시 모를 환자들의 상처를 봐주는 것이 끝일 듯합니다."

"아!"

유신운의 말에 장로들과 추준경의 눈빛이 싸늘하게 식었다.

가치가 사라지자 본심성이 나온 것이다.

"그럼 말을 꺼낸 민 장로가 데리고 다니는 것으로 하지."

"크음! 예, 그럼."

담풍의 말에 민학이 씁쓸한 표정으로 대답했다. 짐짝을 넘겨받는 듯한 반응이었다.

지켜보던 일대제자들이 다 민망할 정도였다.

하지만 담풍은 한낱 의원의 심정 따위는 조금도 신경 쓰지 않았다.

스르릉! 채챙!

담풍이 검을 출수하며 커다랗게 소리쳤다.

"모두 비동으로 진입한다!"

"예!"

명령이 떨어지기가 무섭게 세 개 조가 모두 각기 맡은 구멍 속으로 들어가기 시작했다.

최후방으로 쫓겨난 유신운은 그런 그들의 뒷모습을 아무도 모르게 비릿한 미소를 띤 채 바라보고 있었다.

그러던 그때였다.

─제2 토끼굴도 제물들 입성 완료입니다.

'좋아, 이제 시작이군.'

유신운의 귓가에 한왕호의 전음이 울려 퍼졌다.

같은 시각.

종남파의 무인들이 위치한 곳과 완전히 다른 곳에서 한왕호가 일단의 무리를 세 개의 구멍 속으로 들어가게끔 안내하고 있었다.

그들의 정체는 다름 아닌.

위무영과 혈교의 무리였다.

시간을 거슬러, 어젯밤.

위무영은 자신의 방에서 분노를 토해 냈다.

그런 그의 앞에 혈교의 수하들이 입을 다문 채 부복하고 있었다.

쾅! 콰직!

위무영이 차오른 격노를 참지 못하고 탁상을 내리쳤다.

내기가 실린 일격에 탁상이 박살 나고, 그 파편들이 수하들을 향했다.

파편에 베인 상처에서 피가 흘렀지만, 수하들은 아무런 반응도 하지 않았다.

"이 머저리 같은 놈들아! 네놈들이 그러고도 혈교의 일원이라 할 수 있느냐! 아직 제대로 된 단서도 찾지 못하다니!"

위무영이 이토록 분노하는 것은 수하들이 여태까지 신투의 보고에 대한 단서를 하나도 찾지 못했기 때문이다.

"내가 일러 준 곳에 간 것은 분명한 것이냐?"

"······예, 소령주님이 일러 주신 곳의 근방을 모조리 수색해 보았지만······ 어떠한 이상도 없었습니다."

"젠장! 그게 말이나 되는!"

위무영은 속이 터질 지경이었다.

도대체 이해가 가지 않았다.

교의 술법을 이용해 장보도를 보았던 자신의 기억을 곱씹어 완벽히 지도를 재현해 내었다.

그 완벽한 지도를 가지고 표식지를 찾고 있는 것임에도, 이놈들은 허탕만 치고 있었다.

위무영은 초조함에 이로 손톱을 뜯으려 했지만, 그러하지 못했다.

얼마나 뜯었는지 이미 손톱이 잘근잘근 다 씹혀져 있었기 때문이다.

그런 찰나, 수하들을 바라보던 위무영의 눈이 가느다랗게 떠졌다.

그의 머릿속에 의심이 떠오르고 있었다.

'이놈들 설마…… 일부러 제대로 안 찾고 있는 건가. 이러다가 이세천 그놈에게 모든 걸 알릴 작정인 것은……'

그는 수하를 의심할 정도로 정신이 무너진 상태였다.

한데 어쩔 수 없었다.

신투의 보고에 대해 상부에 보고하지 않음으로써, 위무영은 지금 낭떠러지에 몰려 있는 것이나 마찬가지였다.

이런 상황에서 만일 종남파가 신투의 재화를 차지하기라도 한다면, 그는 담천군에 의해 목숨조차 부지할 수 없을 터였으니까.

한데 그때, 수하가 그를 불렀다.

"소령주님, 소령주님을 찾아뵈러 온 이가 있습니다."

"쫓아내라! 지금 내가 누굴 만날 처지로 보이더냐!"

노기가 치밀어 오른 위무영이 버럭 소리 질렀다.

"……아무래도 한 번 만나 보시는 것이 좋을 것 같습니다. 그 일에 대해 알고 있는 듯합니다."

순간, 위무영의 눈이 번뜩였다.

그 일이라 하면 신투의 보고에 대한 것을 의미하기 때문이었다.

"……들라 해라."

잠시 고민하던 위무영은 이내 의문인을 안으로 들였다.

'도대체 누구지?'

수하들을 모두 내쫓은 그는 의문인의 정체에 대해 다시 고민했다.

하지만 곧이어 문을 열고 들어온 그는 위무영이 조금도 짐작하지 못한 인물이었다.

"안녕하십니까요."

"네놈은……?"

추레한 몰골을 한 노인이 그에게 고개를 꾸벅였다.

하지만 익숙한 얼굴이었다.

분명히 장보도를 지니고 있던 의원 놈의 옆에 자리하고 있던 종자였다.

위무영이 차갑게 식은 얼굴로 말을 꺼냈다.

"날 왜 찾아온 거지?"

"제가 안내해 드릴 수 있습니다."

"어디를 말이냐?"

"그 비동 말입니다. 제가 들어가는 길을 알고 있습니다."

"……!"

종자의 말에 위무영의 눈동자가 지진이라도 난 듯이 흔들렸다.

'이놈이 어찌…….'

하지만 떨리는 속내를 숨기며 그가 천천히 말을 이어 갔다.

"네놈이 어찌 길을 알고 있단 말이더냐?"

"……의원 놈이 저를 데려갔었습니다. 저 또한 고려에서 어깨너머로 여러 가지를 배운 몸. 그대로 쫓아 데려가 드릴 수 있습니다."

종자의 말과 행동에는 진심이 가득 담겨 있었다.

"원하는 것이 무엇이더냐?"

"고려에서부터 의원 놈의 종자 노릇을 해 왔습니다. 그런데 종남파에 자리를 얻더니 입을 싹 닦고 저를 버리더군요. 이제는 저도 팔자를 고치고 싶습니다."

종자의 말에 위무영은 비릿하게 웃음을 지어 보였다.

'역시 하늘은 나를 버리지 않았구나.'

그러곤 품에서 종이 한 장을 꺼내더니 종자에게 손을 뻗었다.

"백은전장의 전표다. 절대 추적이 되지 않게끔 만든 돈이니, 먹어도 걱정 없을 것이다."

한왕호가 진심인 눈빛이 되어 위무영에게 다가갔다.

전표를 집은 순간, 위무영이 힘을 주며 전표를 꽉 움켜쥐었다.

한왕호가 고개를 들자 광기가 일렁이는 눈빛이 그를 노려보고 있었다.

"하지만 만에 하나 네놈이 나를 기만하려는 것이라면, 지옥에 떨어지는 것보다 더한 고통을 맛보게 해 줄 것이다."

"미, 믿어 주십시오."

위무영의 협박에 벌벌 떨며 겁을 먹은 듯 행동했지만.

'지옥은 너나 가라, 이 망할 놈아.'

실상 한왕호는 속으로 콧방귀를 끼고 있었다.

보고에 들어선 민학과 종남파 제자들은 거침없이 앞으로 주파해 나갔다.

그들이 안심하고 그렇게 행동할 수 있는 것은 어두컴컴할 줄 알았던 내부가 환한 빛으로 감싸져 있었기 때문이다.

탄탄하게 진을 갖추어 걸어가고 있는 일대제자들이 주변을 바라보며 혀를 내두르고 있었다.

"신기하군, 신기해. 벽에 야명주가 박힌 것도 아닌데 이리 낮처럼 환하다니."

"우리가 상상할 수 없는 보물을 이용한 것이겠지. 역시 신투의 보고인 것인가."

그들을 진두지휘하고 있는 민학 또한 티는 내지 않았지만, 주변을 살피며 연신 감탄을 하고 있었다.

'……황릉(皇陵)에 비견될 정도로 내부가 매우 넓고 거대하다. 이 정도 되는 대규모의 보고를 꾸미려면 오랜 세월과 엄청난 금력이 필요했을 터. 여러모로 볼 때 이곳이 가짜로 꾸며진 곳은 아닌 것 같군.'

그들의 머릿속에 점차 의심이 사라지자, 가슴이 점점 뜨겁게 고양되기 시작했다.

전설로만 전해 들었던, 일대 신투의 보고에 잠들어 있을 온갖 진귀한 보물들이 심장을 뛰게 만든 것이다.

한데 그때, 겁이 많은 일대제자 하나가 한숨을 내쉬며 말을 꺼냈다.

"휴우, 그건 그렇고 요괴와 싸워야 한다니. 이럴 줄 알았으면 미리 소탕에 지원해 볼 걸 그랬어."

"넌 뭘 한낱 요괴 따위에 겁을 먹는 거냐. 나올 테면 나와 보라 해. 우리에게는 이게 있잖아."

그러자 그의 곁에 있던 다른 제자가 자신만만하게 말하며 제 주머니를 탁탁 소리 나게 쳤다.

볼록한 그의 주머니에는 유신운이 나누어 준 양명환이 들어있었다.

그것을 본 일대제자의 표정이 밝아질 뻔했지만, 이내 다른 한쪽을 보고는 다시금 어두워졌다.

"……글쎄. 우리 조는 양명환을 쓸 수 있을지 모르겠군."

"그게 무슨. 아……."

대답하던 일대제자가 고개를 갸웃하다가, 그의 시선이 향하는 곳을 보고는 말뜻을 이해했다.

시선이 닿은 곳에는 민학이 고고한 자세를 유지한 채 앞으로 걸어가고 있었다.

민학은 항상 무인이 기물에 기대어 강해지는 것은 진정한 무인의 태도가 아니라고 강조하였다.

일전에 장문인이 내린 영약도 거부한 일화가 있을 정도로 깐깐한 인물이었다.

그런 그였기에 양명환에 대해서도 부정적인 시선을 지니고 있었다.

그그그.

구구구.

그때, 벽이 요란하게 진동하였다.

울음소리를 연상케 하는 불쾌한 소리에 제자 중 여럿이 인상을 찌푸렸다.

"젠장, 그건 그렇고. 계속해서 울려 퍼지는 이 소리는 정말이지 거슬려 미칠 것 같군."

"그러니까. 마치 벽 안에서 무언가가 움직이는 듯한······."

"후위가 시끄럽다! 그만 입들을 다물고 어서 이동하기나 해라. 본대보다 뒤처지면 장문인께서 크게 노하실 것이니."

"아, 네넵!"

순간, 제자들이 소란스러워지자 민학이 호통을 치며 기강을 다잡았다.

그렇게 다시금 침묵이 내려앉은 채 더욱 깊숙한 내부로 진입해 들어가던 순간이었다.

"어엇!"

"······!"

앞쪽에서 무언가를 발견한 제자들의 눈동자가 커다랗게 확장되었다.

스아아!

그들의 눈앞에 기이한 기운을 풍기는 안개가 펼쳐져 있었다.

이처럼 갑자기 동굴 안에 안개가 나타날 이유는 하나뿐이었다.

순간, 민학이 커다랗게 소리쳤다.

"기진이다! 제자들은 모두 전투를 준비하라!"

스르릉! 촤아아!

말이 떨어지기 무섭게 제자들이 각자의 무기에 기를 불어넣었다.

"의원님은 제 뒤에 계시지요."

"아, 예엡."

후위에 있던 일대제자 중 하나가 겁에 잔뜩 질려 있는 유의태를 챙겼다.

하지만 물론 유신운의 그 모습은 모두 연기일 뿐이었다.

'좋아, 이제 시작이구면.'

이제 그들의 앞에 펼쳐질 참상을 알고 있는 유신운은 그저 이 상황이 우스울 따름이었다.

"천천히 진입한다. 모두 절대 검진을 무너뜨리지 말도록!"

"예!"

스아아.

민학의 일갈과 함께 종남파의 제자들은 완벽한 검진을 갖춘 채 안개를 돌파해 나갔다.

안개는 침입자의 기운을 흐트러뜨리는 힘을 지니고 있는 듯했지만.

우우웅! 우웅!

'고작 이 정도 진법 따위.'

종남파의 제자들에게는 어떠한 피해도 끼치지 못했다.

민학과 제자들의 기운이 한데 어우러지며, 검진에서 압도적인 내기가 사방으로 쏟아졌다.

역시 현재 구파일방 중 상위로 꼽히는 종남파였다.

그렇게 기운을 흐트러뜨리는 안개를 가볍게 돌파하며, 그들은 새로운 공간에 도착했다.

안개가 싹 걷히며 숨겨져 있던 모습이 눈에 들어오기 시작했다.

"……!"

민학을 비롯한 종남파의 제자들 모두는 말을 잃어버렸다.

상상을 초월하는 광경에 쩍 벌어진 입을 닫지 못하고 충격에 휩싸인 것이다.

찬란한 빛줄기에 눈을 뜨기가 어려울 지경이었다.

산처럼 쌓인 황금.

바닥을 굴러다니는 온갖 진귀한 보물들.

신묘한 향과 영기를 내뿜는 영약.

일대신투의 보고가 눈앞에 펼쳐져 있었다.

'우리가 들어온 곳이 맞는 입구였어!'

'꿀꺽. 이 중에 하나만 얻더라도…….'

종남파 제자들의 눈동자는 온통 탐욕으로 범벅되어 있었다.

그중에서 오로지 민학만이 제정신인 상태로 주변을 살피고 있었다.

'저건!'

그때, 민학이 보고의 가장 끝부분에 세워져 있는 황금의 관을 발견하였다.

'저자가 일대 신투인가!'

관 속에는 붕대로 꽁꽁 감싸져 있는, 사람의 형상을 한 무언가가 있었다.

생기가 전혀 느껴지지 않는 것으로 보아 확실한 시체였다.

생전 본적 없는 기이한 형태로 남겨진 그 시체에서 민학은 알 수 없는 불길한 느낌을 받았다.

'일단 물러나서 장문인께 합류해야겠군.'

그가 그렇게 결론을 내린 그때였다.

'따, 딱 하나만 몰래 가져가는 거야.'

일대제자 중에 하나가 무언가에 홀린 것처럼 자신의 주변에 있던 보물 상자를 열었다.

"……!"

그리고 그 순간.

콰아아!

보물 상자 속에서 튀어나온 그림자의 형상을 한 포식자가 제자를 그대로 집어삼켰다.

까드득! 꽈득!

어떻게 반항할 생각도 못 한 채, 보물 상자를 열었던 제자는 상체에 이빨 자국이 그대로 남은 상태로 반 토막 나 뱉어졌다.

푸아아!

제자의 시체에서 피 보라가 뿜어졌다.

-끄어어!

괴물의 포효와 함께 보물만이 가득했던 보고가 음험하기 짝이 없는 기운으로 요동치기 시작했다.

그리고 그 순간.

좌아아! 콰아아!

민학이 바라보고 있던 황금 관속에 잠들어 있던 '파라오 리치'가 눈을 떴다.

"요, 요괴다!"

"모두 전투를 준비햇!"

민학이 일대제자들에게 다급하게 소리를 지르던 그때, 파라오 리치가 피처럼 붉은 보석이 박힌 지팡이로 바닥을 강타하였다.

지이잉! 우우웅!

그러자 보고의 지면에 수많은 소환진이 펼쳐지기 시작했다.

-그어어어!

-크아아!

그리고 그 속에서 수많은 구울들이 모습을 드러내었다.

'가, 강시?'

'……저건 대체 무슨?'

온갖 시체를 이어붙인 듯한 기괴한 구울들의 모습을 보며 종남파 제자들의 눈빛이 어지럽게 흔들렸다.

'어서 와. 던전은 처음이지?'

당황에 차 어찌할 바를 모르는 그 모습을 보며 유신운이 속으로 비웃음을 던졌다.

일대신투의 보고라는 것은 애초에 세상에 존재하지 않았다.

이 드넓은 마굴(魔窟)은 유신운이 무림에 만들어 놓은 최초의 인공 던전이었다.

―그어어어!

쐐애액! 서거걱!

"크아악!"

"크윽!"

모습을 드러낸 구울들이 일제히 미쳐 날뛰기 시작했다.

생자라면 꺾일 수 없는 각도와 방향으로 사지를 뒤틀며, 구울들은 제자들의 숨통을 끊기 시작했다.

구울들이 예상보다 훨씬 강한 힘을 지니고 있자, 전투 경험이 풍부한 일대제자들도 정신을 못 차렸다.

"모두 정신을 똑바로 차려라! 그래 봐야 한낱 미물일 뿐이다!"

그러자 민학이 노호를 터뜨렸다.

우우웅! 콰아아!

적성패검이란 별호는 그냥 얻은 것이 아니었다.

아직 미완성이기는 하나 민학의 검날에서 흐릿한 검강이 빛을 발하고 있었다.

민학의 진기가 가득 담긴 일갈과 빛을 발하는 검강을 본 일대제자들이 뒤늦게 정신을 차리기 시작했다.

그러곤 자신들도 각자의 병장기에 기운을 불어 넣으며, 잃어버린 자신감을 되찾으려는 듯 커다랗게 소리쳤다.

"그래, 우리는 대종남파의 제자!"

"하찮은 요괴 따위 모두 베어 버리리!"

"하아앗!"

파바밧! 파밧!

공기를 찢는 파공성과 함께 종남파의 제자들이 적들에게 돌진하였다.

전광석화처럼 달려드는 그들의 검에 어느새 선명한 검사가 일렁이고 있었다.

강인하고 직선적인 검로를 따라.

태을분광검(太乙分光劍).

구궁신행검법(九宮神行劍法).

소천강검법(小天剛劍法).

하나같이 천하일절이라 칭해지는 종남파의 검법이 허공을 수놓으며 구울들에게 펼쳐지기 시작하였다.

구울들의 빈틈을 노리는 일대제자들의 검격은 너무나 신

속했고 정확하였다.

그들의 공격은 분명히 통하였으리라.

유신운의 구울이 일반적인 사령술사가 다루는 '평범한 구울'이었다면 말이다.

티팅! 팅!

그들의 검이 구울들에게 맞닿은 순간 울려 퍼진 소리는 썩은 살점이 베여 나가는 소리가 아니었다.

'……마, 말도 안 돼.'

'검사가 막혔어?'

그들의 검사 중 어느 것도 구울의 외피를 뚫어내지 못하였다.

쐐애액!

그들이 당황한 순간 한 구울의 팔이 고무처럼 늘어나더니 한 제자의 머리통을 움켜쥐었다.

"끄으, 꺽!"

제자는 고통에 검을 떨어뜨리고 어떻게든 손아귀에서 벗어나려 발버둥 쳤지만.

콰드득!

결국 끔찍한 소리와 함께 머리통이 그대로 곤죽이 되며 터지고 말았다.

그 참혹한 상황을 지켜본 일대제자들의 낯빛이 하얗게 질려 있었다.

유신운의 구울들은 일반적인 사령술사가 다루는 하찮은 하급 소환수가 아니었다.

시강론과 사령술을 함께 사용하여 구울의 초재생능력과 강시의 뛰어난 전투 능력을 융합시킨 최초의 소환수, '키메라 구울'이었던 것이다.

─그어어어어!

키메라 구울들이 동시에 내뱉은 울음소리가 보고의 내부를 진동시키고 있었다.

'이, 이길 수 없어.'

'괴, 괴물들.'

그에 겁을 잔뜩 먹은 일대제자들이 전의를 상실하고 뒤로 한 걸음, 한 걸음 물러나기 시작했다.

'크윽! 이대로 두다간……!'

그 상황을 확인한 민학은 당장 일대제자을 돕고 싶었다.

하지만 그의 앞을 키메라 구울들보다 더욱 강력한 존재가 가로막고 있었다.

우우우웅! 콰아아아!

파라오 리치의 지팡이 위로 수없이 많은 원령이 소용돌이치고 있었다.

하나하나가 파괴적인 힘을 지닌 원령들은 그의 움직임을 완벽히 봉쇄했다.

소환자의 사령술 스킬 레벨에 영향을 받는 파라오 리치는 민학을 가뿐히 상회하는 강대한 힘을 지니고 있었다.

"크아악!"

"끄어어!"

보고에는 오로지 종남파 제자들의 비명만이 울려 퍼진 지 오래였다.

'……어쩔 수 없다. 이대로 가다간.'

확연한 전멸의 기미가 보였다.

민학이 침음을 삼키며 커다랗게 소리쳤다.

"모두 후퇴해라!"

그의 명령에 종남파의 제자들이 동료들의 시체를 그대로 내팽개치고 도망가기 시작했다.

그 행렬에 뒤섞여 유신운은 비릿한 웃음을 짓고 있었다.

2장

　무림맹의 대회의실에 네 사람이 모여 대화를 나누고 있었다.

　다름 아닌 담천군과 적양자 그리고 현학 도장과 육망선사였다.

　"맹주, 부디 우리의 말을 가벼이 듣지 말아 주시오. 정말로 사파련의 내부 움직임이 심상치 않소이다."

　무당파의 장문인, 현학 도장이 걱정이 가득한 표정으로 말을 꺼냈다.

　"비무 대회 이후 사파련의 내홍이 심해진 것은 누구나 아는 사실 아닙니까."

　적양자는 단칼에 별일이 아니라는 식으로 현학 도장의 말을 잘랐다.

그러자 현학 도장이 답답함을 꾹 참으며 말을 이어 갔다.

"적양자, 그 정도가 아니외다. 이번에는 정말로 상황의 흐름이 이전과는 완전히 다르오."

"그렇다고는 하나 두 분의 제안은 더 큰 혼란을 가져올 수 있습니다. 사파련의 본단 근방으로 무림맹의 병력을 파견하라니요."

"그들의 분란으로 생길 수 있는 혹시 모를 양민의 피해를 막기 위해, 전투대가 아니라 은밀히 구조대를 파견하자는 말이오."

"홍, 단언컨대 아무도 그리 믿지 않을 것입니다."

담천군이 아무런 말 없이 두 사람의 대화를 조용히 지켜보고 있자, 역시 상황을 지켜보던 육망선사가 나직한 목소리로 말을 꺼내었다.

"······아미타불. 맹주, 빠르게 대처하지 않으면 대사건으로 격화될 수 있습니다."

"대사건이라면?"

"사파련이 반으로─."

육망선사가 말을 완성하려는 그때였다.

타다닥!

모두의 시선이 바깥을 향했다.

회의실의 바깥에서 다급한 발소리가 들려왔다.

무림맹의 복도를 이리 질주할 수 있는 것은 한 사람뿐이었다.

곧이어 문이 활짝 열리고 그들의 예상처럼 개방의 방주, 주취신개 장유가 모습을 드러내었다.

"신개께서 무슨 일이십니까?"

"후우, 후! 지금 이렇게 있을 때가 아니오."

거친 숨을 고르며 장유가 터벅터벅 걸어왔다.

그러곤 그들의 앞에 놓인 탁자에 손에 꼭 쥐고 온 종이 한 장을 펼쳐 보였다.

'지도?'

모두가 의아한 표정을 짓고 있을 때, 담천군과 적양자는 지도에 그려지는 지역이 섬서성이라는 것을 알아차렸다.

"이것이 무엇입니까?"

"보면 모르겠소. 장보도요."

"자, 장보도?"

전혀 예상치 않은 말이 장유의 입에서 나오자, 모두의 눈에 경악의 빛이 떠올랐다.

"제자들에게 확인해 본 결과. 어젯밤부터 전국 각지에 이 일대신투의 장보도가 뿌려지고 소문이 나돌고 있소."

"무슨 소문이?"

현학 도장의 질문에 장유가 담천군을 노려보며 말을 꺼냈다.

"종남파와 삼공자가 벌써 상주의 표식지로 병력을 파견했다는 소문이지."

"……!"

"그게 무슨 말도 안 되는!"

적양자가 고성을 쏟아 냈지만, 이어진 장유의 말에 입을 다물 수밖에 없었다.

"적양자, 발뺌하기에는 늦었소. 오는 길에 섬서 분타에 확인해 보고 오는 길이니까. 소문대로 종남파와 삼공자는 이미 함께 일대신투의 보고로 출발했더군."

장유의 말을 들은 현학 도장과 육망선사의 눈빛이 차갑게 식어 갔다.

종남파는 화산파 파벌의 일원이며, 위무영은 담천군의 제자.

그들의 움직임을 담천군과 적양자가 모를 리 없었다.

'장보도의 존재를 우리에게 숨기고 있었던 것인가.'

'맹주가 이런 짓을 벌일 줄이야.'

두 사람이 지니고 있던 담천군에 대한 신뢰가 송두리째 흔들렸다.

순간, 담천군이 슬며시 적양자를 바라보았다. 이제껏 위무영에게 어떠한 보고도 없었냐는 의미였다.

그러나 적양자는 당황하여 아무런 전음도 건네지 못했다. 그 또한 아는 것이 있을 리 없었다.

장유가 말을 이어 갔다.

"소문이 퍼질 대로 퍼지며 보물에 눈이 먼 사파 무인과 마인 들이 모조리 상주로 모이고 있소. 빠르게 움직이지 않으면 종남파와 삼공자가 위험할 것이오."

"……장로님들은 즉시 맹의 전투대를 꾸려 섬서로 출발해 주십시오."

"……알겠습니다."

침묵을 지키던 담천군이 명령을 하달했다.

그러자 적양자를 제외한 나머지 세 사람이 차가운 눈빛을 내뿜다가, 이내 밖으로 나갔다.

콰드득! 콰직!

그들이 나가자마자 담천군이 앉아 있던 의자의 팔걸이가 박살 났다.

'위무영! 이 멍청한 놈이!'

담천군이 격노를 토해 내고 있었다.

"역시 장문인께서 가장 먼저 주파하신 것 같습니다."

추준경이 미소를 지으며 제 스승에게 아부를 떨었다.

담풍이 이끄는 1조는 지긋지긋한 요괴들과의 전투를 끝마치고, 연결된 길의 끝으로 빠져나온 찰나였다.

그들의 눈앞에 커다란 공동이 펼쳐져 있었다.

"끌끌, 당연한 일을 말하여 무엇 하느냐. 그래, 피해는 어떠하지?"

"전무합니다!"

작은 찰과상을 제외하면 1조의 일대제자들은 모두 정상이었다.

"다행이군. 저쪽 통로들로 다른 장로들이 올 것 같으니, 그때까지 휴식을 취하고 있도록 해라."

"예, 알겠습니다!"

공동에는 그들이 들어온 구멍 외에 두 개의 구멍이 더 뚫려 있었다.

세 곳의 출입구가 모두 이곳으로 연결된 것 같았다.

담풍의 말에 추준경과 일대제자들이 바닥에 털썩 주저앉아 쉬기 시작했다.

그렇게 시간이 흘러갔다.

하지만 담풍의 예상과 달리 나머지 두 조는 나타나지 않았다.

'흐음, 생각보다 두 장로가 늦는군.'

기다림에 지쳐 다른 통로로 들어가 볼까 하던 찰나.

한 통로에서 발소리가 들려왔다.

"오, 장로님이 드디어 오시는 것 같습니다."

추준경이 밝게 미소 지으며 말을 꺼냈다.

하지만 담풍의 낯빛은 결코 밝지 않았다.

들려오는 발소리의 숫자가 너무 적었기 때문이다.

"……!"

'아니, 이게 무슨?'

지동곽과 일대제자들이 공동에 모습을 보인 순간, 추준경을 포함한 1조원들의 동공이 지진이라도 난 듯이 흔들렸다.

"으으, 크윽."

"끄으."

고통에 신음하는 소리가 울려 퍼졌다.

2조원들의 상태는 엉망이었다.

절반 이상의 인원이 죽어 있었고, 살아남은 이들도 크고 작은 부상을 가지고 있었다.

담풍은 침음을 삼키며 지동곽에게 말을 꺼냈다.

"크흠! 피해가 큰 모양이오, 지 장로."

"……면목 없습니다. 모두 제 부족함 때문입니다."

"일단 부상부터 회복하시오."

"……감사합니다."

담풍은 운기조식을 하려는 지동곽에게 자신이 지니고 있던 양명환 하나를 건네주었다.

2조원들을 바라보는 그의 눈빛이 얼음장처럼 차갑게 식어 있었다.

'칫, 20명이라…… 꽤 뼈아픈 전력의 이탈인데……. 아니,

그 정도의 공백이야 이곳에서 얻을 재물과 무공으로 채워 넣으면 그뿐이다.'

그는 자신의 제자들이 처참하게 죽었음에도 그저 머릿속으로 셈을 하고 있을 뿐이었다.

"어어! 저기!"

그러던 그때, 종남파의 제자 한 명이 무언가를 발견하고는 커다랗게 소리를 질렀다.

마지막 세 번째 통로에서도 인영이 비치고 있었다.

"도, 도와주십시오."

하지만 통로 안쪽에서 다급한 목소리가 울려 퍼졌다.

"……!"

곧이어 의문인의 정체가 드러나자, 종남파의 제자들은 지동곽을 보았을 때보다 더욱 경악할 수밖에 없었다.

한데 그럴 만도 했다.

"민 장로님!"

"유 의원!"

피투성이가 된 유의태가 민학을 부축하며 힘겹게 걸어 들어오고 있었기 때문이다.

추준경이 황급히 두 사람에게 달려갔다.

"허억, 헉."

그가 민학을 받자 모든 힘을 쏟은 유의태가 바닥에 허물어졌다.

"민 장로님! 괜찮으십니까? 정신 좀 차려 보십시오!"

"……그으으, 그으."

추준경이 민학에게 계속해서 말을 걸었지만, 그는 신음과 함께 웅얼거리기만 할 뿐이었다.

무슨 말을 하려고 하는 것처럼 보였지만, 어떤 말도 제대로 들리지 않았다.

온몸에 커다란 중상을 입은 그는 상태가 심각해 보였다.

결국 추준경은 민학을 큰 돌에 등을 기대어 쉬게 한 후, 유의태에게 시선을 돌렸다.

"유 의원, 다른 이들은 어디에……?"

모두의 시선이 유신운에게 집중되었다.

3조의 인원은 두 명뿐이었다. 나머지 40명의 일대제자 중 어느 누구도 모습을 보이지 않았다.

추준경의 말에 유신운은 곧 슬픈 표정을 짓다가, 이내 제고개를 가로저었다.

'설마!'

'……!'

담풍을 비롯한 종남파의 제자들 모두가 충격에 휩싸였다.

고갯짓이 의미하는 바는 하나였다.

그들 말고는 모두가 요괴에게 죽음을 맞이했다는 뜻이었다.

담풍이 급히 유신운의 곁에 다가왔다.

그는 분노가 가득 담긴 눈빛으로 유신운을 바라보며 목소리를 높였다.

"똑바로 말하거라! 정녕 한낱 요괴 따위에게 민 장로가 이렇게 되고, 내 제자들이 모조리 죽었다는 말이더냐!"

순간, 담풍의 몸에서 강렬한 내기가 뿜어졌다.

유신운은 벌벌 떨며 겁에 질린 모습을 연기하다가 버벅이며 말을 꺼냈다.

"새, 생전 본 적 없는 강력한 요괴들이 모습을 드러냈습니다. 게, 게다가 치열한 싸움이 이어지는 와중에 다른 문제가 발생했습니다."

"다른 문제라고?"

유신운은 담풍의 눈치를 살피는 척하다가 다 죽어 가는 목소리로 말을 이었다.

"……민 장로님은 제자분들께 끝까지 양명환을 사용하지 말라고 하셨습니다. 그런데 요괴들에 의해 사상자가 계속 발생하자 장로님의 뜻에 반발하는 제자분들이 생겨났습니다. 그럼에도 장로님은 끝까지 자신의 의지를 관철했습니다."

평소 민학이 무도에 대해선 어떠한 양보도 없는 깐깐한 성정임을 담풍도 잘 알고 있었다.

하지만 제자들이 죽음을 맞이하는 순간에도 그런 뜻을 관철했을 줄은 상상도 못 했다.

'설마.'

그러던 그때, 민학의 몸에 새겨진 상처들을 확인한 담풍의 눈이 흔들렸다.

그의 몸에 새겨진 상처는 요괴의 손톱과 발톱에 당한 것이 아닌 칼에 의한 자상(刺傷)들이었다.

그 순간, 유신운이 충격적인 내용을 내뱉었다.

"……요, 요괴들을 모두 해치우고 난 후. 장로님과 제자분들 사이에 싸움이 벌어졌습니다."

"……!"

모두가 충격에 입을 쩍 벌렸다.

하극상.

스승에게 제자가 칼을 들이미는, 무림에서 가장 최악의 수치로 칭해지는 일이 종남파에 발생한 것이다.

담풍을 비롯하여 모두가 혼란에 휩싸였다.

"어, 어찌!"

"아니, 이런 말도 안 되는 일이."

종남파의 제자들이 어찌할 바를 모르고 있던 그때, 오로지 담풍만이 서늘한 눈빛으로 유의태를 바라보았다.

'……자신들의 수치이기도 하니 제자들은 이 일을 결코 말을 꺼내지 않을 것이다. 하지만 저놈은 외인. 저놈에 의해 이 일이 밖에 새어 나갔다가는 종남의 명예가 땅에 떨어질 수 있어.'

요괴 때문에 하극상이 벌어진 문파라니.

자신 대의 종남파가 그런 치욕스러운 명칭으로 불리는 걸
볼 순 없었다.

　'……이곳을 나가는 대로 양명환의 조제법을 빼앗고 죽여
야겠어.'

　담풍이 냉혹한 결단을 내렸다.

　"……제자들의 시체를 수습하는 건 모든 것을 마치고 난 뒤
에 한다. 유 의원님은 이곳에서 민 장로님을 치료하고 있으시
오. 금방 모든 일을 끝내고 이곳으로 다시 돌아올 터이니."

　"예, 예, 알겠습니다."

　"모두 무엇 하느냐! 검을 들어라! 이제 모든 것을 끝내러
갈 것이다!"

　"예, 옙!"

　혼란이 더욱 커지기 전에 담풍은 유신운을 공동에 남겨 놓
은 후, 제자들을 이끌고 통로의 마지막 문으로 들어갔다.

　그렇게 모두가 사라지자 겁에 질려 떨고 있던 유의태의 모
습이 한순간에 바뀌었다.

　스으으. 스륵.

　유신운이 그림자의 형상이 되어 종남파의 제자들이 들어
간 통로 안으로 스며들 듯 사라졌다.

　그러고 나자.

　"끄으으, 끄으."

　'도망치십시오. 이자는 괴물입니다.'

민학 장로가 내뱉으려 했던 마지막 말이 메아리처럼 텅 빈 공동에 울려 퍼질 뿐이었다.

민학 장로의 처참한 모습과 하극상의 참상이 일어났다는 사실 때문에 60명의 일대제자들은 모두 침울한 표정을 숨기지 못하고 있었다.

이처럼 모두의 마음이 흔들리면 제대로 전투를 치를 수 있을 리 없었다.

상황을 지켜보던 지동곽이 슬며시 본신의 내기를 끌어올리고 웅혼한 목소리로 말을 꺼냈다.

"일대신투의 보물을 얻으면, 단언컨대 우리 종남파는 섬서 제일의 문파로 우뚝 설 것이다. 그 권력의 수혜자가 누가 되겠느냐? 너희들은 머릿속으로 그것만 되새기거라."

제자들의 불안감을 없애기 위해 그가 선택한 건 탐욕의 감정으로 덮어씌우는 것이었다.

'그래, 우리만 입 닫으면 하극상이 벌어진 것을 그 누가 알겠나.'

'……다른 것도 아니고 일대신투의 보물이다. 보물을 차지하고 종남파가 섬서 제일의 문파가 된다면, 나 또한 훗날 무림맹의 요직을 차지하게 될 거야.'

지동곽의 방책은 꽤 성공적이었다.

어느새 일대제자들의 눈에는 탐욕만이 번들거리고 있었다.

그리고 그렇게 이동이 이어지던 찰나.

처척.

드디어 앞장서던 일대제자가 걸음을 멈추었다.

"문입니다."

그들의 눈앞에 커다란 문이 모습을 나타냈다.

두꺼운 강철로 이루어진 문은 흡사 방벽과 같은 모양새였다.

그들 모두 한눈에 알아챘다. 이 벽 안에 일대신투의 보고가 펼쳐져 있을 것임을.

담풍이 지동곽에게 시선을 주자, 그가 고개를 끄덕이며 제자들에게 명령을 하달했다.

"내부에 어떤 상황이 펼쳐질지 모른다. 모두 미리 양명환을 섭취하도록."

"네!"

그의 명령에 따라 추준경과 일대제자들 모두가 품속에서 양명환을 꺼내 입에 넣었다.

그 모습을 조용히 지켜보던 지동곽은 이내 복잡한 표정이 되었다.

그의 머릿속에 민학의 처참한 모습이 떠올랐다.

'……그래, 부작용도 없는데 굳이 안 먹을 이유가 있겠는가.'

고민하던 그는 결심하고 양명환을 꿀꺽 삼켰다.

순간, 지동곽을 포함한 일대제자들의 내기가 폭발적으로 일렁였다.

'단환의 효과가 엄청나긴 하구나. 일시적이라고는 정말로 오 할 이상의 내기가 증가하다니.'

지동곽이 자신의 상태를 살피며 혀를 내둘렀다.

오로지 자신의 실력에 크나큰 자부심이 있는 담풍만이 양명환을 목구멍으로 넘기지 않고 있었다.

"이제 문을 열도록."

담풍의 한마디와 함께 일대제자들 여럿이 동시에 문을 밀기 시작했다.

구우웅!

거대한 진동음과 함께 서서히 문이 열렸다.

"오오오!"

문틈을 바라보는 제자들의 기대에 찬 탄성이 흘러나왔다.

모두의 눈이 탐욕으로 반짝였다.

하지만 곧이어 완벽히 문이 활짝 열린 순간.

세 조가 모였던 공동의 두세 배에 달하는 거대한 크기의 또 다른 공동이 모습을 드러냈다.

"......!"

"이, 이게 무슨?"

그들은 이전과 전혀 다른 반응을 보였다.

제자들의 얼굴에 떠올라 있던 기대는 온데간데없이 사라

져 있었다.

그들의 얼굴엔 당황과 충격만이 떠올랐다.

한데 그럴 만도 하였다.

"아, 아무것도 없잖아."

"……보물은 어디에?"

문이 열린 보고의 내부는 아무것도 없이 텅텅 비어 있었던 것이다.

먼지만이 굴러다니는 공동의 모습에 충격을 받은 제자들은 할 말을 잃었고, 추준경과 지동곽만 또한 두 눈을 끔뻑이고만 있었다.

침묵의 시간은 꽤 길었다.

그러던 그때, 담풍의 기운이 격한 분노로 폭주하듯 끓어올랐다.

'그 의원 놈이 감히 나를 속인 건가!'

그는 당장이라도 돌아가 자신을 속인 사기꾼의 목을 베어 버리려 했다.

스르릉!

검을 출수하며 몸을 돌린 그 순간.

'……잠깐.'

뒤늦게 그의 눈에 무언가가 들어왔다.

그가 골몰히 바닥을 바라보고 있자, 모두의 시선 또한 그곳을 향했다.

"아!"

"설마!"

그리고 안타까움이 담긴 탄식이 흘러나왔다.

지면에 선명히 새겨진 것은 수레가 이동한 자국이었다.

그 자국은 그들이 들어온 곳의 반대편, 또 다른 문이 있는 곳까지 이어져 있었다.

상황을 짐작한 지동곽이 다급하게 담풍에게 말을 건넸다.

"장문인, 이건 설마."

그러자 빠득 소리 나게 이를 갈며 담풍이 대답하였다.

"그래, 위무영 그놈이 선수를 쳤다."

화산파가 선수를 친 것인가.

자신들의 보물을 눈앞에서 빼앗긴 종남파의 제자들은 짙은 살기를 뿜어내었다.

그때, 허리를 숙여 지면을 살피던 담풍이 눈을 빛내며 커다랗게 소리쳤다.

"수레 자국이 새겨진 흙이 아직 조금도 마르지 않았다. 보물을 운반한 지 얼마 되지 않았다는 뜻, 우리는 최대한 빨리 놈을 뒤쫓는다!"

"예!"

이렇게나 거대한 공동을 가득 채운 보물을 모두 옮기려면 속도가 나올 수가 없었다.

지금부터 전력으로 뒤쫓는다면 금세 추적할 수 있으리라.

'어차피 담천군도 보고에 대해 모르는 상황. 모조리 죽인 후, 이곳의 함정에 빠져 죽은 것으로 위장하면 그만이다.'

담풍은 이미 위무영과 수하들을 제거하기로 결정을 내린 상태였다.

같은 무림맹의 동지라는 사실 따위는 그의 머릿속에서 이미 사라진 지 오래였다.

한데 그렇게 급히 발걸음을 떼려던 그때였다.

푸우욱!

"크아악!"

섬뜩한 소리와 함께 느닷없이 누군가의 처절한 비명이 울려 퍼졌다.

"뭐, 뭐야?"

급히 뒤를 돌아보자 일대제자 중 한 명의 몸이 힘을 잃고 바닥에 쓰러져 있었다.

스으으.

"⋯⋯!"

"⋯⋯!"

바닥에 엎어진 무인의 무복이 빠르게 붉은 빛으로 물들었다. 꿰뚫린 가슴의 구멍에서 피가 솟구치고 있었다.

"암습이다!"

채채챙!

위험을 알리는 목소리에 종남파의 무인들 모두가 병기를

꺼내었다.

하지만 아무리 주변을 살펴도 적은 보이지 않았다.

'아니, 대체 어디서?'

제자들은 당황한 기색이 역력했다.

분명히 암습을 당한 것이 맞으나 어느 곳에서도 침투한 흔적이 보이지 않았다.

공동은 벽의 빛으로 인해 대낮처럼 환했다. 이런 곳에서 어떻게 기습을 했다는 말인가.

제자들이 어찌할 바를 모르던 그때였다.

파바밧!

"모두 물러나거라!"

담풍이 일갈과 함께 지면을 박차며 허공으로 뛰어올랐다.

우우웅! 우웅!

떠올라 있는 그의 전신에서 종남파를 대표하는 신공절학인 태을신공의 기운이 휘몰아치고 있었다.

칠성의 공력을 자신의 검에 모두 집중한 그는 이내 몸을 회전하며 해천십삼검(海天十三劍)의 일초를 펼쳐 내었다.

파아앗! 촤아아!

하늘을 수놓은 푸른 빛의 검강이 이내 폭우처럼 쏟아져 내렸다.

"모, 모두 피햇!"

"도망쳐!"

제자들이 사색이 된 채 허둥지둥하며 뿔뿔이 흩어졌다.

다음 순간, 수하들이 자리하고 있던 지면을 담풍의 검강이 강타하였다.

콰아아아! 콰아앙!

거대한 폭음과 함께 동굴 전체가 흔들거렸다.

'사방이 트여 있는 곳에서 암습이라면, 땅속에서의 습격밖에 없다.'

지금껏 강호에서 수많은 일을 겪은 담풍은 누구보다 빠르게 암습이 땅속에서 시작된 것임을 알아차렸다.

스아아!

"……!"

"저, 저자는!"

곧이어 피어오른 모래 먼지가 걷히자 제자들은 눈을 커다랗게 떴다.

강기에 의해 구덩이가 깊이 파인 땅에 정체를 알 수 없는 누군가가 서 있었기 때문이다.

전신을 흑장의로 덮고 있는 의문인의 전신에서 범상치 않은 기운이 흘러나오고 있었다.

종남파의 제자들은 저자가 바로 자신의 형제를 살해한 범인임을 깨달았다.

순간, 칼날처럼 날카롭게 벼려진 모두의 살기가 동시에 의문인을 향했다.

'호오, 지영술로 쉽게 가려고 했더니. 이거 눈치가 제법인데?'

그러나 유신운은 자신을 향해 집중된 시선들을 담담히 받아 내었다.

"적은 한 놈뿐이다! 죽여랏!"

스르릉!

파바밧!

지동곽의 외침과 함께 종남파의 무인들이 동시에 유신운에게 파도처럼 거세게 달려들었다.

60명에 달하는 제자들은 한 몸처럼 움직였다.

사소한 움직임 하나조차도 세밀하게 조율이 되어 있었다.

스아아! 촤아아!

그들의 검에 넘실거리는 검사가 더욱 세차게 피어올랐다.

완벽에 가깝게 검진을 펼쳐 모두의 기운이 하나로 합일이 되었고, 그로 인해 한 명, 한 명의 내기가 폭증된 것이다.

양명환의 힘과 검진의 힘이 합쳐진 그들은 무림맹의 어느 정예 부대를 데려와도 맞상대를 할 수 있을 것 같았다.

쐐애액! 촤아악!

유신운이 회피할 수 있는 모든 방향을 점하며, 60명의 검수가 동시에 검을 쏟아 내었다.

채채쨍! 채채쨍!

허공에 수십, 수백의 불꽃이 계속해서 튀어 올랐다.

구파일방 중에서도 특히나 거칠고 잔혹하기로 소문난 종남파의 검법이 빛을 발하고 있었다.

다 잡은 먹잇감을 희롱하는 늑대의 모습과 같았다.

'흥, 보물을 가지고 도망갈 시간을 끄려고 살수를 심어 놓은 모양이지만. 위치가 발각된 살수 따위가 무엇을 할 수 있겠는가.'

그 모습을 보며 담풍이 비릿한 웃음을 지어 보였다.

그는 빠르게 적을 처치하고 위무영을 쫓을 생각밖에는 없었다.

'자, 그럼 이제 슬슬 밀린 채무를 받아 볼까.'

그때, 위기에 몰려 있는 것 같았던 유신운이 이때를 위해 오랫동안 묵혀 두었던 작전을 개시하였다.

스윽.

툭.

바삐 검을 휘두르는 유신운이 자신의 허리에 묶어 두었던 작은 주머니를 일부러 바닥에 떨어뜨렸다.

하지만 적 중 어느 누구도 바닥을 뒹구는 주머니에 대해 신경 쓰지 않았다.

검진을 펼치는 무인들에 의해 주머니가 이리저리 치여 공동의 바닥을 뒹굴었다.

스아아.

아무도 몰랐지만 그 주머니 속에 담겨 있던 무취(無臭)의

향이 빠른 속도로 공동에 퍼져 나갔다.

그때부터 종남파의 제자들은 빠르게 이상을 느꼈다.

전투를 치르던 그들의 얼굴이 구겨지기 시작했다.

쿵쿵! 쿵쿵쿵!

'갑자기 이게 무슨?'

'무, 무슨 소리지?'

그들은 지진이라도 난 것처럼 귓전을 울리는 소음에 정신을 차리지 못하고 있었다.

"끄윽!"

"흐헉!"

가쁜 숨소리와 함께 곧이어 그들의 검진이 서서히 무너졌다.

'귀가 터질 것 같아!'

'가, 가슴이!'

그들은 싸우는 것도 잊고 자신의 가슴에 손을 얹었다.

심장이 미친 듯이 요동치고 있었다.

그들은 자신들을 괴롭히는 소음의 근원이 다름 아닌 심장 박동 소리임을 뒤늦게 깨달았다.

'저, 저게 무슨!'

제자들이 혼란에 빠져 있는 모습을 바라보던 담풍의 눈동자가 거세게 흔들렸다.

"히익!"

같은 순간, 서로를 바라보던 종남파의 제자들이 신음을 흘렸다.

한 명도 빠짐없이 종남파 제자들 모두의 피부에 굵은 핏줄들이 징그럽게 돋아 있었다.

유신운이 그 모습을 보며 복면 안으로 미소를 머금었다.

'귀명초(鬼鳴草)가 잘 먹혀 들어갔군.'

그가 떨어뜨린 주머니 안에는 귀명초라는 약초가 들어 있었다.

"크어억!"

"끄아아!"

종남파의 제자들이 비명을 내질렀다.

귀명초는 일반인에게는 아무런 효과도 주지 않지만, 양명환을 섭취한 이가 향을 맡으면 잠재되어 있던 부작용이 일시에 개화된다.

그리고 그 부작용이란.

'기, 기운을 통제할 수가 없어.'

'진원진기는 안돼!'

사용했다가는 사망에 이르게 되는 진원진기를 강제로 사용하게 하는 효능이었다.

생명력의 근원인 진원진기.

목숨을 위협받는 극한의 상황에서 적과의 양패구상을 노리는 것이 아니라면, 절대로 무인은 진원진기를 건드리지 않았다.

만일 진원진기를 한 번이라도 사용하면, 이후 어떤 방법을 사용하더라도 절대 회복할 수 없기 때문이다.

"크으윽!"

"끄윽!"

그 사실을 익히 알고 있는 종남파의 제자들은 기혈이 뒤집히는 격통에 신음을 흘리면서도 어떻게든 폭주하는 진원진기를 멈추려 했다.

'왜, 왜 멈추지 않는 거야!'

'빌어먹을!'

하지만 그들이 그렇게 온 힘을 다해도 진원진기의 폭주는 결코 멈추지 않았다.

'먹을 때는 마음대로였겠지만 해독할 때는 아니란다.'

유신운이 비소를 머금으며 속으로 생각했다.

양명환이 모태가 된 증혈환보다 훨씬 더 뛰어난 성능을 발휘했던 만큼, 부작용 또한 비교할 수 없을 정도로 지독했다.

일단 귀명초로 부작용이 발휘되면 유신운조차 멈출 수 없었다.

쩽겅! 채챙!

일대제자들이 손에서 놓친 검들이 지면에 나뒹굴었다.

"끄으으!"

"사, 살려 줘!"

그들은 온몸에 핏줄이 돋은 흉측한 모습으로 땅바닥에 쓰러져 유신운에게 목숨을 구걸하기 시작했다.

그리고 그것은 추준경 또한 예외는 아니었다.

"스, 스승님!"

자신을 향해 손을 뻗는 제자를 바라보는 담풍의 눈동자가 처음으로 세차게 흔들리고 있었다.

'크윽, 이게 대체 어찌 된 일이란 말인가.'

하지만 그는 제자를 향해 바로 움직일 수 없었다.

이전에 먹었던 양명환으로 인해 그의 내부도 진탕이 되고 있었기 때문이다.

그는 모든 기운을 발휘해 진원진기가 격동하는 것을 겨우 막아 내고 있었다.

그러는 와중에 담풍의 머릿속에 이 사태를 일으킨 것으로 추정되는 범인의 얼굴이 떠올랐다.

'분명히 저놈이 주머니를 떨어뜨리자 이 사태가 벌어졌다! 그 의원 놈과 저놈이 작당한 것이 분명해!'

유의태, 바로 그자였다.

아무런 이유 없이 갑자기 이런 일이 벌어질 리 없었다.

모두가 함께 섭취한 양명환 말고는 이 사태를 설명할 수 없으리라.

그래도 종남파라는 대문파를 이끄는 장문인답게 닥친 상황을 빠르게 파악한 담풍이었으나, 안타깝게도 그것이 전부였다.

해결의 실마리는 조금도 생각해 내지 못하고 있었던 것이다.

우우웅! 우웅!

그 순간, 종남파의 제자들의 진원진기가 유신운에게로 향했다.

유신운은 폭주하는 그들의 기운을 낭비할 생각 따위는 전혀 없었다.

그는 이미 진작부터 진광라흡원진공을 발동하여 모든 기운을 흡수하고 있었다.

진원진기를 흡수하는 것은 처음이었는데 효과가 놀라웠다.

진원진기를 몸에 받아들이는 것만으로 전신에 엄청난 활기가 차올랐다.

'어라?'

만족하던 그때, 누군가를 바라보는 유신운의 눈빛에 이채가 떠올랐다.

다름 아닌 장로 지동곽이었다.

겉으로 보기에 그는 눈동자에 검은자위가 사라진 채로 발작하고 있는 듯했다.

스아아아! 좌아아!

하지만 진원진기와 뒤섞인 그의 내기는 어느 때보다 더 강렬하게 끓어오르고 있었다.

그 모습을 지켜보던 유신운이 속으로 쾌재를 불렀다.

'생각지도 않은 효과인데? 이거 예정에도 없던 화경급 스켈레톤을 한 마리 더 얻을 수 있겠군.'

그랬다. 이성을 상실한 무의식 상황에서 진원진기를 터뜨린 지동곽이 초절정 최상급의 경지를 넘어 강제적으로 화경의 경지에 도달한 것이다.

화경급 스켈레톤의 숫자를 늘릴 수 있는 또 다른 방법을 발견해 낸 유신운은 기쁠 수밖에 없었다.

하지만 자신의 한계를 넘어 마지막 불꽃을 태운 대가는 참혹했다.

차아아.

털썩.

지동곽은 비명조차 내지르지 못하고 바닥에 쓰러져 절명했다.

감당하지 못하는 힘을 얻은 그는 모든 힘을 유신운에게 흡수당하고, 목내이 신세가 되었다.

지동곽을 시작으로 땅바닥에서 꿈틀거리던 일대제자들 또한 숨이 멎어 갔다.

그런 끔찍한 모습을 지켜보면서도 유신운의 얼음장처럼 차가운 눈빛은 변함이 없었다.

'느낄 놈들에게 느껴야지. 이딴 놈들에게는 연민이란 감정

은 사치일 뿐이야.'

유신운이 종남파가 이토록 처절한 대가를 치르게 한 것은 그간 이들의 행적을 조사했기 때문이다.

종남파가 담천군과 손을 잡았다는 것이 명확해진 시점부터, 유신운은 종남파의 행적에 대해 은밀히 조사를 시작하였다.

그리고 얼마 지나지 않아 유신운은 여러 충격적인 사실을 알아내는 데 성공했다.

섬서성의 이권을 장악하기 위해 혈교의 힘을 빌려 행한 온갖 악행들.

그리고 언젠가부터 폭증한 섬서성에서의 실종과 의문사들이 일대제자들과 장로 그리고 담풍이 혈교에서 배운 마공을 수련하기 위해 희생시킨 것임을 알게 된 것이다.

겉으로는 명문 정파처럼 연기하지만, 이들의 본모습은 타락한 마인 그 자체였다.

'쓰레기 같은 놈들, 네놈들은 숨 쉴 가치가 없다.'

스르릉!

진원진기의 흡수가 얼추 끝나자 유신운은 마무리를 하기 위해 검을 들었다.

이때를 위해 준비한, 흑마염태도가 아닌 평범한 검이었다.

한데 그때였다.

파바밧!

그런 그를 향해 담풍이 전광석화처럼 달려들었다.

겨우 양명환의 부작용을 잠재운 것이다.

채채챙! 채챙!

검과 검이 세차게 교차하며 허공에 불꽃이 튀었다.

담풍은 전력으로 해천십삼검을 펼치며 유신운의 사혈만을 노렸다. 지독한 살기를 쏟아 내며 오로지 상대를 죽이기 위한 무공을 펼치고 있었다.

가공할 기운이 담긴 담풍의 검강이 유신운에게 쏟아지고 있었지만.

'흐음, 화경 중급 이상부터는 효과가 먹히지 않는 건가. 조금 아쉽군.'

유신운은 여유가 넘치는 모습으로 검을 피해 갔다.

그 모습에 단칼에 목을 베어 버리려던 담풍은 놀람을 금치 못했다.

인정하고 싶지 않지만, 그리할 수밖에 없었다.

상대는 자신과 동등한 실력을 지니고 있었다.

담풍이 펼치는 검로가 더욱 세밀해지고 집요해지기 시작했다.

그렇게 공방이 이어지던 찰나.

'자, 이제 슬슬 그 힘을 사용할 차례인가.'

유신운이 가볍게 땅을 박차며 허공으로 뛰어올랐다.

촤아아! 스아아!

유신운의 검에서 선명한 검강이 피어올랐다.

'잠깐, 저 기운은!'

순간, 유신운의 검강을 바라보는 담풍의 눈동자가 거세게 흔들렸다.

좌아아! 쐐애액!

허공에서 유신운이 검을 횡으로 휘둘렀다.

그러자 놀랍게도 파공성을 내며 수많은 참격이 담풍에게 휘몰아쳤다.

'이런!'

휘이익!

담풍은 침음을 흘리며 빠르게 몸을 핑그르르 회전시켰다.

서거걱! 서걱!

그리고 회전력에 자신의 내기를 더해 참격들을 모조리 베어 넘겼다.

그러자 쏟아진 검강들이 그에게 닿지 못하고 갈기갈기 찢겨 나갔다.

'멍청하기는.'

하지만 그것이 유신운이 바란 것이었다.

산산이 쪼개진 참격의 파편들이 다른 곳으로 날아들고 있었다.

'이, 이런!'

참격의 파편이 향하는 곳을 바라보던 담풍은 당황을 숨기지 못했다.

파편들이 아직 살아 있는 제자들을 향해 날아들고 있었던 것이다.

파바밧!

'크윽!'

담풍은 재빨리 몸을 날렸다.

하지만 이미 날아들고 있는 참격의 파편을 모두 막아 내는 것은 불가능한 일이었다.

퍼억!

급하게 도착한 담풍은 추준경을 발로 차서 멀찍이 날려 버렸다.

"크억!"

추준경이 허공을 날아가 벽에 부딪치며 신음을 터뜨리던 그때.

콰가가강!

퍼퍼펑!

참격의 파편이 나머지 제자들을 그대로 습격하였다.

거대한 폭음이 터져 나왔다.

피어오른 모래 먼지가 걷히고 나자 처참하게 잘려 나간 종 남파 제자들의 시체가 바닥을 어지럽게 뒹굴고 있었다.

그 시체들의 중심에 담풍이 산발이 된 머리카락과 엉망이 된 도복으로 서 있었다.

그의 볼에 새겨진 상처에서 피가 한 줄기 흘러내렸다.

그때, 유신운이 비릿하게 웃으며 비아냥거렸다.

"어떤가. 제 손으로 제자들을 죽인 소감은?"

"그 입 닥쳐라!"

자신의 속을 뒤집어 놓는 유신운의 말에 담풍이 거칠게 소리쳤다.

"그러게 분수에 안 맞게 욕심을 부리면 쓰나. 개의 생을 살게 되었으면 끝까지 개로 살아야지."

이어진 유신운의 말을 들으며 담풍은 머릿속에 흩어져 있던 조각들이 하나로 합쳐지는 듯했다.

담풍이 빠득 소리 나게 이를 갈며 조용히 뇌까렸다.

"내가 잘못 생각했구나. 위무영 그 욕심 많은 놈이 제 스승에게 손을 뻗었을 줄이야."

'옳지.'

미끼를 문 그의 말에 유신운은 일부러 대답하지 않았다.

"크흑. 스, 스승님. 그게 무슨."

저편에서 하얗게 얼굴이 질린 추준경이 말을 꺼냈다.

"흥! 무공을 바꿔 내 눈을 속이려고 했는지 몰라도, 네놈이 초식을 펼칠 때마다 내재된 기운을 느꼈다!"

"……무슨 헛소리냐."

"그것은 분명히 화산파의 자하신기와 담천군의 파천신기! 이 모든 것이 담천군의 흉계였구나!"

담풍은 모든 전말을 알아차렸다는 듯 크게 소리쳤다.

물론 완전히 잘못된 판단이었으나, 그가 그렇게 오해할 수밖에 없었다.

'후후, 이 정도면 훔쳐 놨던 기운을 요긴하게 써먹었군.'

이전에 무림맹에서 담천군과 독대를 하던 때, 유신운의 내부에 그가 흘려보냈던 자하신기와 파천신기를 일부러 사용하여 담풍과 격전을 벌인 것이다.

유신운은 일부러 정곡을 찔린 것처럼 아무런 말 없이 담풍을 노려보았다.

그러자 담풍이 다시 한번 이를 갈며 제 기운을 끌어 올렸다.

'빌어먹을! 그놈 말고 저 힘을 통제할 수 있는 녀석이 있었을 줄이야.'

그는 승리를 확신할 수 없었다.

그도 그럴 것이 눈앞의 상대가 사용하는 파천신기는 다름 아닌 자신이 담천군에게 무릎을 꿇고 혈교에 투신하게 만든 마공이었기 때문이다.

담천군은 저 마공으로 현경 그 이상의 경지.

무림의 역사 동안 단 세 명만이 다다랐던 조화경을 바라보고 있는 것을 직접 눈으로 목도하고, 결코 좁힐 수 없는 그 차이에 굴복한 것이 아니던가.

'이런 때를 대비해 은밀히 키워 놓은 존재가 있었던 게야.'

담풍은 유신운을 담천군이 은밀히 적을 제거하기 위해 키운 비장의 암살자로 오해하였다.

그때, 유신운은 담풍과 멀리서 충격에 입을 쩍 벌리고 추준경을 슬쩍 바라본 후 스산한 목소리로 말을 꺼냈다.

"흥, 알지 말아야 할 것을 알았다고 해도 어찌할 것인가. 어차피 네놈들은 이곳에서 죽어 없어질 것이거늘."

우우웅!

그아아!

"모든 힘을 발휘해 단숨에 죽여 주마!"

말을 끝마침과 동시에 유신운의 검에서 파천신기가 거칠게 피어오르기 시작했다.

그 기운의 양상을 미간을 좁힌 채 집중하여 지켜보던 담풍이 속으로 생각했다.

'……저것이 저놈의 최대 힘인가! 그렇다면 아직 현경까지는 다다르지 못했다는 것인데.'

그의 머릿속에 자신이 승리할 일말의 가능성이 떠오르고 있었다.

파아앗!

순간, 유신운의 신형이 거짓말처럼 사라졌다.

진각을 박차며 몸을 날린 그는 엄청난 속도로 담풍에게 다가왔다.

'담천군! 나를 무시한 대가를 톡톡히 치르게 해 주겠다!'

무공으로는 상대가 되지 않는다는 것을 직감한 그가 적에게 받은 힘을 발휘했다.

후아아! 콰아아!

순간, 담풍의 몸에서 오염된 마나가 폭주하기 시작했다.

'참나, 이놈도 몬스터의 힘을 사용하는 건가.'

오염된 마나가 휘몰아치고 있는 담풍의 모습을 바라보며 유신운의 눈에 경멸의 빛이 떠올랐다.

항상 모든 말에 대종남파를 부르짖던 담풍이 몬스터의 힘에 기대는 모습은 역겹기 그지없었다.

하지만 곧이어 그에게서 보이는 급격한 변화를 보며 담풍이 혈교에게 영혼을 판 이유는 쉬이 짐작할 수 있었다.

우우웅!

그아아!

담풍의 기운이 폭사되며 두 사람이 서 있는 공간이 세차게 흔들리기 시작했다.

담풍에게서 느껴지는 힘의 격이 비교할 수 없이 높아지고 있었다.

한데 그 모습을 지켜보던 유신운은 이전의 적들과는 다른 한 가지를 눈치채고 미간을 좁혔다.

'……뭔가 달라. 변형은 없는 건가?'

그랬다. 분명히 오염된 마나는 느껴졌지만, 지금까지의 적들과 달리 힘을 이어받은 몬스터의 형태로 변형이 이루어지지 않고 있었던 것이다.

스아아아!

그때, 미처 날뛰던 기운이 모두 잔잔히 갈무리된 담풍이 감고 있던 눈을 지그시 떴다.

'현경인가.'

유신운의 짐작처럼 몬스터의 힘을 전부 받아들인 담풍은 어느새 화경의 벽을 넘어 현경에 도달하여 있었다.

담풍은 자신의 손을 움켜쥐었다가 펴 보기를 반복하다가.

씨익.

만족스러운 듯 유신운과 눈을 마주치며 진득한 살기가 넘실거리는 미소를 지어 보였다.

"왜 그러느냐? 네놈 꼴이 토끼처럼 놀란 모습이구나. 그래. 담천군, 그놈조차도 내가 이리 완벽히 힘을 통제할 줄은 전혀 짐작하지 못했으리라."

유신운은 아무런 대답 없이 변화가 끝난 담풍을 들여다보는 데에 집중하였다.

일단 외형은 신체의 변형이 전혀 없는 완전한 인간의 형태였다.

그런데 내부를 들여다보니 놀라웠다.

오염된 마나가 내기에 완벽히 억눌려 있었다.

담풍의 내기에 완전히 제압당한 오염된 마나는 패배를 인정하고 내기의 순환을 돕고 있었다.

순간, 유신운이 기억을 돌이켜 보니 처음 싸웠던 혈교의 부주교, 곽주산 또한 뱀파이어 로드로 변신하지 않았었다.

'하지만 놈과는 완전히 달라.'

그러나 한눈에 보아도 그때의 곽주산의 모습과 현재의 담풍은 완전히 달랐다.

곽주산의 힘은 오염된 마나를 제대로 다루지도 못할 정도로 조악했던 반면, 담풍은 지금까지 만난 적 중 가장 힘을 잘 조절하고 있었으니까.

'끌끌, 역시 현경의 벽은 넘지 못하였구나. 우습도다. 순식간에 저리 졸아붙은 꼴이라니!'

유신운이 파악하느라 말이 없어진 것을 보고, 담풍은 자신에게 겁을 집어먹었다고 생각하고는 속으로 비웃었다.

'놈! 하지만 이미 무릎을 꿇고 빌기에는 너무 늦었다!'

우우웅!

그아아!

순간, 담풍의 기운이 미친 듯이 요동치기 시작했다.

오염된 마나가 담풍의 의지에 따라 움직이고 있었다.

촤아아!

그때, 담풍의 머리 위 허공에 거대한 아지랑이가 일렁였다.

그리고 그 아지랑이 속에서 음험하기 짝이 없는 광채를 발하며 무언가가 모습을 드러냈다.

놀랍게도 그것은 만월(滿月)이었다.

"달이여, 세상의 빛을 집어삼켜라."

촤아아!

스가가!

담풍의 말과 함께 공간에 존재하던 모든 빛이 만월 속으로 빨려 들어가며 사라져 갔다.

'저건!'

순간, 유신운의 눈에 이채가 떠올랐다.

전생의 기억을 통해 이미 알고 있는 스킬이었다.

라이트 이터.

달의 힘으로 온 세상을 암흑천지로 만드는 그 스킬은.

다름 아닌 8재앙 중 하나인 '펜릴'의 자식인.

달 사냥개, '하티'의 힘이었다.

'그랬나.'

몬스터의 형태로 변하지 않아도 담풍이 완벽히 몬스터의 힘을 통제하는 것을 보며 유신운은 한 가지 사실을 깨달았다.

지금까지는 혈교의 존재들이 몬스터의 형태로 변신하는 것을 보며, 그것이 끝인 줄로만 알았다.

하지만 그것이 아니었다.

'변형이 되지 않는 단계까지 도달하는 것이 최종 영역이었던 거야.'

오염된 마나를 완벽히 통제하며 인간의 모습을 끝까지 유지하는 것이 진정 몬스터의 힘을 제대로 발휘하는 방법이었던 것이다.

촤아아!

모든 빛을 집어삼키며 목적을 달성한 만월은 나타났던 것처럼 순식간에 사라졌다.

그렇게 완전히 빛을 잃은 세계에서.

'보인다.'

짐승의 것처럼 변한 눈동자를 번뜩이며 담풍이 먹잇감인 유신운을 바라보고 있었다.

'만월의 추적자'라 불리는 하티의 능력이 발현되었던 것이다.

칠흑의 막이 내린 이곳에서 오직 담풍만이 대낮처럼 환한 시야로 주변을 바라보고 있었다.

"네놈의 목을 베고 비열하게 훔쳐 간 신투의 보물들을 모두 되찾으리라!"

그아아아!

콰아아!

300년 전, 무차별적인 살행으로 온 강호를 들썩이게 했던 절세의 마두.

구유검마(九幽劍魔)의 쌍극반혼공(雙極返魂功)과 잔혼구유마검(殘魂九幽魔劍)이 그의 손에서 펼쳐졌다.

폭풍처럼 기운이 넘실거리고 있는 담풍의 검날에 곧이어

세 개의 구슬의 형상이 떠올랐다.

유자량의 불완전한 검환이 아닌, 진정 현경에 다다른 무인이 만들어 낸 완벽한 검환이 그의 검에 떠올라 있었다.

지금 담풍의 힘은 우내십존의 육좌(六座)까지도 가히 노릴 수 있으리라.

파바밧!

콰아아!

순간, 담풍의 신형이 흔들리더니 이내 모습이 사라졌다.

담풍은 검환이 세차게 회전하고 있는 검을 들고 유신운을 향해 전광석화처럼 달려들었다.

모습이 사라진 것으로 느껴질 정도로 엄청난 속도였다.

'힘이 넘치는구나!'

하티의 강대한 육체 능력이 담풍의 몸에 녹아 있었다.

하지만 유신운은 그렇게 어둠에 파묻혀 시야를 잃었음에도 여유를 잃지 않았다.

점차 가까워져 오는 습격자의 소리를 들으며 유신운이 한쪽 입가를 올렸다.

"하지만 그래 봐야 개새끼지."

그렇게 담풍을 철저히 무시하는 한마디와 함께.

콰아아! 파아!

유신운이 파천신기를 모두 회수하고 뇌운신기와 동화선기를 끌어 올렸다.

파즈즈! 파즈!

묵천뢰를 발현한 그의 전신에서 묵빛의 뇌전이 터져 나오기 시작했다.

'뭐, 뭐야! 현경이라고?'

느닷없이 유신운이 현경의 경지에 도달한 것을 확인한 담풍의 눈동자가 지진이라도 난 듯이 떨려왔다.

하지만 지금에 와서 멈출 수는 없었다. 이미 그는 유신운의 코앞에 당도하여 있었으니까.

쐐애액!

끼에에에!

애써 흔들리는 마음을 부여잡으며 그가 잔혼구유마검의 일초식인 구유괴경을 펼쳤다.

공기가 찢기는 파공성과 함께 귀신의 울음소리와 같은 끔찍한 소리가 검에서 터져 나왔다.

담풍의 검은 유신운의 두개골을 쪼개 버릴 기세로 맹렬히 내리꽂히고 있었다.

'뭣?'

그때, 담풍의 얼굴에 당황한 기색이 떠올랐다.

휙.

순간, 유신운이 느닷없이 쥐고 있던 검을 내던진 것이다.

스스로 목숨을 끊으려 하려는 것인가 싶었지만.

처척!

분명히 아무것도 없었던 손에 어느새 가공할 기운을 흩뿌리는 새로운 도가 쥐어져 있었다.

　유신운의 흑마염태도에서 폭사되는 기운을 보는 담풍의 눈이 터질 듯 커졌다.

　'마, 말도 안 돼! 보패?'

　그렇게 그가 도의 진정한 정체를 알아차린 순간, 그의 검과 도가 허공에서 교차하였다.

　콰아아아!

　퍼어어엉!

　두 기운의 격돌로 거대한 폭음이 울려 퍼졌다.

　"크악!"

　폭발에서 발생한 충격파를 이겨 내지 못하고 신음과 함께 담풍이 뒤로 날아갔다.

　콰그그! 콰득!

　"쿨럭!"

　벽에 몸을 부딪친 담풍이 입에서 피를 토했다.

　적이 화경에 불과하다며 방심하고 있던 대가는 참혹했다.

　"이, 이 비열한 놈이!"

　"아까부터 칭찬 고맙고."

　유신운이 어깨를 으쓱하며 말하자, 담풍이 소매로 입가의 피를 닦으며 분노로 두 눈을 불태웠다.

　그아아아!

우우우웅!

"이제 방심 따위는 없다!"

담풍이 모든 힘을 검에 집중하자 기운이 휘몰아치며 주변의 공기마저 진동하기 시작했다.

하지만 그렇게 유신운의 이목이 검에 집중된 듯하던 그때.

'좋아, 검에 정신이 팔렸구나.'

담풍은 은밀히 은총의 힘을 다시금 끌어 올리고 있었다.

그는 목표물로 유신운을 지정한 후, 준비가 완료되자 또 다른 권능을 발현하였다.

'머릿속을 헤집어 백치로 만들어 주마!'

하티는 어둠에 숨어든 달의 혼령을 이용해 적의 정신을 붕괴시킬 수 있었다.

좌아아!

파아앗!

이어진 다음 순간, 담풍이 쏘아 낸 투사체가 칠흑의 장막을 뚫고 유신운에게로 직격하였다.

"끄으윽!"

그러던 그때, 고통에 찬 신음이 터져 나왔다.

하지만 신음을 쏟는 대상은 유신운이 아니었다.

ー장문인, 왜 날 버렸소!

ー스승님! 살려 주세요!

ー고통스러워! 죽여 줘! 죽여 줘!

'왜, 왜 내가?'

권능을 발현한 담풍의 머릿속에서 수많은 이들의 비명이 터져 나오고 있었다.

반면 유신운의 상태는 이전과 조금도 달라지지 않았다.

지금까지의 평온한 모습 그대로였다.

머리가 깨질 것 같은 고통에 한 손으로 머리를 움켜쥔 담풍을 유신운이 한심하게 쳐다보았다.

'이 새끼가 어디서 건방지게 디버프질이야?'

그는 속으로 혀를 찼다.

사령술의 극의를 깨우친 유신운에게 정신계 공격이 통할 리가 없지 않은가.

"크아아아! 제발 닥쳐!"

"크학! 스, 스승님!"

정신이 붕괴되기 직전까지 내몰린 담풍이 허공에 아무렇게나 검을 휘두르고 있었다.

그에 검격에 휘말려 죽을 뻔한 추준경이 비명을 내질렀다.

정신계 스킬은 결코 함부로 사용하는 것이 아니었다.

상대가 스킬을 완벽히 파훼하였을 때, 정신계 스킬은 사용자에게 도리어 그 피해를 끼치게 되니까.

하지만 무림의 존재인 담풍이 그런 사실을 알고 있을 리가 없었다.

흡사 광인과 같은 담풍을 노려보며.

'슬슬 끝내 볼까.'

유신운이 흑마염태도를 곧추세우며 스킬을 시전하였다.

[스킬, '강탈'을 시전합니다.]

[지정 대상, '본 드래곤, 조용'이 선택되었습니다.]

[지정 스킬, '용제광휘(龍帝光輝)'가 발현됩니다.]

촤아아!

파아앗!

조용의 힘을 이어받은 흑마염태도에서 찬란한 빛줄기가 뿜어지기 시작하였다.

"크윽!"

눈이 멀듯한 밝은 빛을 정면으로 맞은 추준경이 신음과 함께 바닥에 얼굴을 파묻었다.

"……말도 안 돼."

담풍의 입에서 허탈감이 가득 담긴 말이 저도 모르게 튀어나왔다.

우우웅! 우우우웅!

찬란한 광휘 속에서 유신운의 검 주변으로 수많은 검환이 부유하고 있었다.

다음 순간, 유신운이 담풍을 향해 휘둘렀다.

혼합기(混合技).

검환 + 용제광휘.

광룡천강환(光龍天罡環).

쐐애액!

촤아아아!

콰가가가가!

빛을 내뿜는 유신운의 검환들이 쏟아지자 깔려 있던 어둠이 비명을 내지르며 사라지기 시작했다.

그렇게 순식간에 어둠을 깨부순 유신운의 검환은 담풍에게 쏟아졌다.

'끄아아아!'

담풍이 온 몸을 파고드는 극한의 고통에 비명을 내질렀다.

그의 몸에 파고든 광룡천강환은 그의 내부를 완전히 붕괴시켰다.

'……내, 내기가아.'

그의 단전의 있던 모든 기운이 광룡천강환에 의해 소멸되었다.

담풍이 바닥을 뒹굴며 눈물을 쏟던 그때.

파밧!

콰드득!

콰직!

"끄어!"

달려든 유신운이 뻗은 일권으로 그의 입을 부숴 버렸다.

이빨이 모두 나간 상태로 피를 흘리는 그에게 유신운이 전음을 날렸다.

—네놈에게만 알려 주지. 난 화산파와 혈교의 졸개가 아니야.

"……으, 어?"

생각지도 않은 말에 담풍이 당혹스러워하는 표정으로 유신운을 바라보자, 유신운이 말을 끝마쳤다.

—종남과 화산, 아니 혈교에 가담한 모든 놈들을 파멸시킬 자다.

3장

'으으, 눈이 타, 타들어 가는 것 같아.'

추준경은 볼썽사납게 땅바닥을 구르며 손으로 제 눈을 감싸고 있었다.

적의 검에서 터져 나온 찬란한 광휘를 눈으로 본 순간부터 두 눈에 극한의 고통이 엄습했기 때문이다.

처음에는 이렇게 눈이 멀어 소경 신세가 되었구나 싶었지만, 점차 시간이 흐르며 고통이 진정이 되어 감을 느꼈다.

시력이 회복되어가자 무뎌졌던 다른 감각들 또한 덩달아 살아나기 시작했다.

퍽! 퍼퍽!

'……무슨 소리지?'

푸줏간에서 고깃덩이를 다지는 듯한 소리가 울려 퍼지고 있었다.

꿀꺽.

그는 자신도 모르게 긴장감에 목구멍으로 침을 삼켰다.

추준경은 그 끔찍한 소리를 들으며 왠지 모르게 등줄기에 소름이 돋아났다.

시린 눈을 연신 끔뻑이며 힘겹게 눈꺼풀을 들어 올리던 그때였다.

퍼억!

쿠웅!

큰 소리와 함께 육중한 무언가가 날아와 그의 발치에 떨어졌다.

'······!'

흐릿한 시야가 점차 밝아지며 날아든 물체의 형상이 또렷해지기 시작하자, 대번에 추준경의 낯빛이 하얗게 질렸다.

그의 눈앞에 시뻘겋게 물든 핏덩어리가 꿈틀거리고 있다.

덥석!

"헉!"

그때, 갑자기 무언가가 추준경의 발을 억세게 붙잡았다.

"저, 저리가!"

겁에 질린 그가 세차게 발을 흔들던 그때, 시야가 완전히 돌아왔다.

그의 두 눈동자가 지진이라도 난 듯이 떨려왔다.

'스, 스승님.'

추준경의 발을 잡고 꿈틀거리던 물체는 다름 아닌 그의 스승인 담풍이었다.

그가 눈이 멀었던 동안 유신운에게 일방적인 구타를 당했던 것이었다.

"끄, 끄어어."

떨리는 손으로 추준경의 발을 붙잡은 채, 담풍이 자꾸만 무언가를 말하고 있었다.

하지만 치아와 입안이 전부 부서져 있었기에, 웅얼거리는 소리로만 들릴 뿐 어떠한 말도 제대로 들리지 않았다.

'그, 그리 있을 시간이 없다! 저, 저 괴물에게서 얼른 나를 데리고 도망쳐야 한다!'

담풍은 간절함을 담아 제자를 향해 도와달라는 눈빛을 보냈지만, 지금 추준경은 그를 보고 있지 않았다.

"이제 제자 차례인가."

순간, 추준경과 눈을 마주친 유신운이 싸늘한 한마디를 내뱉었다. 그러곤 성큼성큼 추준경을 향해 다가오기 시작했다.

'아, 안 돼. 오, 오지 마.'

그 모습을 보며 추준경이 덜덜 몸을 떨고 있었다.

평생 느껴 보지 못한 죽음에 대한 본능적인 공포가 그의 머릿속을 지배하였다.

천천히 다가오는 적의 모습이 명부의 시왕처럼 보였다.

종남파의 대제자로서 언제나 자신만만하게 콧대를 세우던 그였지만, 지금은 맹수에게 겁에 질린 한낱 토끼 새끼에 불과하였다.

'……안 돼! 이렇게 허망하게 죽을 수는 없어! 밖으로 나가기만 한다면 화산파와 담천군의 배신을 알릴 수 있다!'

자신은 이런 곳에서 죽을 존재가 아니었다.

어떻게든 살아남기 위해 눈과 머리를 빠르게 굴렸다.

가장 가까운 탈출로는 등 뒤의 들어온 입구였다.

'아니야.'

그는 포기했다.

도망가려 무방비하게 등을 보이는 순간, 적의 살초가 쏟아지리라.

이어 추준경의 시선이 다가오는 유신운의 뒤로 향했다.

'그렇다면 남은 곳은 저곳뿐.'

적의 등 뒤에 또 하나의 출구가 존재했다.

전력으로 도망간다면 가능할까?

아니, 평범한 방법으로는 결코 성공할 수 없다.

'무언가 잠깐만 상대가 당황할 수만 있다면…….'

희박한 가능성이기는 하지만.

순간, 추준경의 얼음장처럼 차가운 눈빛이 발밑에서 꿈틀거리는 제 스승에게로 향했다.

두 사제의 시선이 허공에서 교차했다.

'이, 이 멍청한 놈이!'

추준경의 의도를 알아차린 담풍의 눈빛에 절망이 서렸다.

이어진 다음 순간.

퍼억!

부웅!

추준경이 조금의 망설임도 없이 제 발로 담풍을 걷어차 버렸다.

담풍의 몸뚱이가 허공을 날아 유신운에게로 날아들었다.

"헛!"

생각지도 않은 상황에 유신운이 당황하여 신음을 흘렸다.

휘이익!

그가 뒤늦게 일권을 뻗어 담풍을 쳐 내자.

촤아아!

쒜액!

담풍의 몸뚱이 뒤에 숨겨 둔 추준경의 참격이 날아들었다.

"크윽!"

유신운이 다급하게 검을 휘둘러 쏟아지는 참격을 방어해 내었다.

'이때다!'

파바밧!

그때, 스승을 미끼로 던진 추준경이 벼락같이 신법을 발휘하였다.

"앗!"

방어에 신경을 쓰느라 유신운이 멈칫하는 사이, 한 줄기의 바람이 휘몰아쳤다.

타다닷!

추준경은 이미 뒤쪽의 탈출로로 들어서고 있었다.

"끄으으! 그어어!"

엉망진창이 된 모습으로 담풍이 울부짖었지만, 추준경은 결코 뒤를 돌아보지 않았다.

한데 이상하게도 유신운은 추준경을 쫓을 준비조차 취하지 않았다.

순간, 탈출로를 지그시 바라보던 유신운의 표정이 당황했던 모습에서 평상시의 태연함으로 돌아왔다.

'됐군.'

그랬다. 유신운이 일부러 놈을 놓아 준 것이었다.

쭉 기지개를 켜며 유신운이 바닥에 엎어져 있는 담풍에게 걸어갔다.

제자에게 배신당한 충격에 그는 정신을 차리지 못하고 있었다.

그 모습을 보며 유신운이 대놓고 비웃음을 날렸다.

"뭐, 어차피 미끼로 보내 줄 생각이기는 했다만. 스승을 미끼로 쓰는 이런 쓰레기 같은 짓거리라니. 네놈이 제자 농사는 제대로 일궜구나.”

부들부들.

폐부를 찌르는 유신운의 말에 담풍이 배신감과 모멸감에 몸을 떨었다.

스르릉!

그때, 유신운이 검을 높이 들어 올렸다. 그러곤 담풍에게 최후의 말을 건넸다.

“이제 저승에서 천천히 지켜보거라. 네놈이 키워 온 종남파가 어떻게 나락 끝으로 떨어지는지를.”

쐐애애액!

말이 끝남과 동시에 검이 낙하했다.

“으으, 으아아아!”

그에 담풍은 처절한 분노를 토해 냈지만.

서거걱!

소름 끼치는 절삭음과 함께 그 소리도 금세 멎고 말았다.

⋯⋯

‘빌어먹을.’

비동의 통로 안을 걸어가며 위무영이 속으로 욕지거리를 내뱉었다.

그의 눈에 지치고 상처가 가득한 수하들의 모습이 보였다.

100명이 넘게 데려온 혈교의 무사들이 이제 반절도 남지 않았다.

'신투의 비동이 이리 위험할 줄이야.'

위무영은 침음을 삼켰다.

비동에서 쏟아지는 온갖 위험천만한 함정들과 듣도 보도 못한 기괴한 요괴들의 출현에 엄청난 피해를 입은 것이다.

혈교의 섬서성 지부에서 가장 무공이 뛰어난 이들로 추려 뽑아 왔음에도, 이런 참담한 결과라니.

정말 생각지도 못한 결과였다.

'혹여나 신투의 보고에 예상보다 적은 양의 보물이 있다면……'

"크음."

순간, 위무영이 신음을 흘리며 제 목을 손으로 쓰다듬었다.

갑자기 지난 날 스승에게 목이 졸렸던 자리가 다시금 욱신 거리기 시작한 것이다.

'아냐! 쓸데없는 걱정이다! 역대 최고의 신투라 불리는 일대 신투다! 그놈이 평범한 양의 보물을 남겨 놓았을 리가 없어!'

위무영이 점차 타들어 가는 속을 애써 진정시키기 위해 고개를 세차게 가로저었다.

"이제 조금만 가면 된다! 모두 힘을 내도……."

그러곤 침울해 있는 수하들을 향해 큰 소리로 말을 꺼냈다.

그런데 그런 찰나.

"소, 소령주님!"

갑자기 다급한 목소리로 뒤편에서 수하가 위무영을 불렀다.

모두의 시선이 그에게 주목되었다.

'또 무슨 일이야, 대체.'

"무슨 일이냐?"

위무영이 미간을 찌푸리며 말을 꺼내자, 수하는 어찌할 바를 모르고 그의 눈치만 살피다가 이내 힘겹게 말을 꺼냈다.

"……종자 놈이 사라졌습니다."

"뭐? 그게 무슨 소리냐!"

"소피를 보러 간다기에 따라갔는데. 잠깐 딴 곳을 살피던 사이, 흔적도 없이 사라졌습니다."

"그걸 지금 말이라고……!"

위무영은 치밀어 오른 분노로 정신이 나갈 것 같았지만, 겨우 이성의 끈을 붙잡았다.

지금 냉철함을 잃으면 모든 것은 끝이었다.

그는 입안의 살을 씹으며 작금의 상황을 빠르게 판단하였다.

'설마 그 종자 놈이 종남파가 보낸 첩자였나? 그럼 여태까지 나에게 잘못된 길을 알려 준 건가?'

먼저 그는 최악의 상황을 가정했다.

'아냐. 그건 너무 갔어.'

하지만 아무리 생각해도 그건 아니라는 판단이 내려졌다.

일단 자신이 직접 들여다 본 종자의 탐욕은 결코 가짜가 아니었다.

초절정의 경지에 든 자신이 한낱 노인의 진위를 판명하지 못할 리가 없었다.

게다가 자신들이 들어온 비동 안에는 앞서 다녀간 어느 누구의 흔적도 존재하지 않지 않았는가.

"소령주님, 추적대를 편성할까요?"

수하가 슬며시 말을 꺼냈다.

위무영은 잠시 고민을 하는 듯했지만 고개를 가로저으며 말을 꺼냈다.

"됐다. 지금 그쪽에 힘을 쏟을 시간 따위는 없다. 함정에 빠져 죽은 것일 수도 있으니, 무시하고 진격한다."

앞서 말했듯 지금까지 요괴와 함정으로 인해 많은 수하가 죽음을 맞이했다.

이런 상황에서 추적대에 인원을 배분하는 것은 오히려 독이었다.

'그래 보아야 어차피 하찮은 종자. 숨겨 둔 정체가 있었다

하더라도, 보물을 빠르게 차지하고 죽여도 늦지 않아.'

"……예, 그럼 명대로 따르겠습니다."

수하는 무언가 할 말이 더 있는 것 같았지만, 단호한 위무영의 태도에 의견을 굽히고 고개를 끄덕였다.

"다시 전진한다!"

위무영의 외침과 함께 다시금 혈교의 무사들이 앞으로 나아가기 시작했다.

하지만 곧이어 그런 그들의 앞에 더욱 끔찍한 요괴들과 함정들이 펼쳐졌다.

두두두두!

그그그!

"따, 땅 속에 요괴가 있다!"

"크아아악!"

"체액에 맞으면 안 돼! 몸이 녹는다!"

지진이 난 것처럼 땅이 진동하며 거대한 벌레의 형상을 한 머미 스웜이 제 모습을 드러내었고.

"요괴들이 무공을 사용한다!"

"모, 모두 조심해!"

무공을 사용하는 골귀들이 나타나 그들의 사지에 칼을 찔러 넣었던 것이다.

그런 전투를 겪으며 결국 통로의 끝에 도착하였을 때.

혈교의 무사들은 고작해야 10명밖에는 남지 않았다.

"드, 드디어!"

"도착했다!"

굳게 닫힌 거대한 철문이 그들의 눈앞에 펼쳐져 있었다.

-이 세상의 전부를 이곳에 두고 간다.

그리고 철문에는 일대 신투가 남긴 것으로 보이는 글귀가
적혀 있었다.

'그래, 보물만 얻으면 된 거야.'

그 문장을 보며 위무영이 탐욕에 찬 미소를 지어 보였다.

"문을 열어라!"

그의 명령에 따라 혈교의 무사들이 달려들어 철문을 밀었
다.

두그그그! 그그그!

거대한 소음과 함께 견고하던 철문이 입을 열기 시작했다.

"오오!"

위무영을 비롯한 혈교의 수하들이 일제히 탄성을 내뱉었
다.

하지만 그 탄성은.

"⋯⋯?"

곧이어 금세 멈추었다.

문이 열리고 보고의 모습이 드러나자 싸늘한 침묵만이 감

돌았다.

'이게 뭐야?'

위무영이 결코 믿을 수 없다는 눈빛으로 터벅터벅 안으로 걸어 들어갔다.

믿을 수 없게도.

보고에는 어떠한 것도 존재하지 않았다.

텅 빈 금고처럼 비어 있었다.

땅에는 수많은 마차의 바퀴 자국이 어지럽게 그려져 있었다.

"……소령주님, 저기."

그때, 수하 중 하나가 벽을 가리켰다.

"……!"

거기에는 네 글자의 한자가 적혀 있었다.

일장춘몽(一場春夢).

한바탕의 봄 꿈처럼 헛된 영화.

그리고 그 벽의 밑에 종남파가 적힌 목패가 떨어져 있었다.

험산의 깊은 산길을 4명의 무인이 빠르게 헤쳐 나가고 있었다.

한데 그들의 구성원이 놀라웠다.

"후우! 초입에서 올려다보았던 산의 높이보다 훨씬 더 많이 오른 듯한데, 아직도 끝이 보이지 않으니……. 아무래도 이 또한 기문진식의 여파인 듯합니다."

"남궁 가주의 말이 맞는 것 같군요. 사실 이동하는 중간중간 나뭇가지에 표식을 해 두었는데, 느닷없이 헤쳐 가는 앞쪽에서 표식이 나왔어요. 저희도 모르는 사이에 같은 곳을 헤매고 있다는 뜻이겠죠."

각기 남궁세가와 사천당가를 이끌고 있는 남궁백과 당소정.

"후우, 아무리 살펴도 파훼법이 보이지를 않으니."

"……아미타불."

그리고 무당파의 장문인인 현학도장과 소림사의 방장인 육망선사가 함께하고 있었던 것이다.

일대신투의 장보도로 인해 상주가 혼란에 빠졌다는 소식을 들은 무림맹은 즉시 대규모의 병력을 섬서성에 급파했다.

가장 먼저 이세천이 이끄는 황룡위 전원이 출전을 하였고, 뒤이어 구파일방과 칠대세가의 장로들 중 일정이 가능한 이들이 각기 제자들을 이끌고 출발하였다.

사안이 사안이었던지라 그들은 출발한 후 단 한 번도 쉬지 않고 오롯이 이동에 전념했다.

그 덕택에 그들은 며칠이란 시간 만에 상주에 도착을 할 수 있었다.

그 후, 그들은 지친 몸을 이끌고 장보도를 따라 보고가 잠든 이곳으로 곧장 향했다.

그때, 걸어온 뒤편을 슬며시 뒤돌아본 당소정이 걱정이 가득한 표정으로 말을 꺼내었다.

"기문진이 펼쳐지며 흩어진 아이들은 무사하겠죠?"

상주로 향한 것은 그들뿐만이 아니었다.

섬서는 물론 중원 각지에서 신투의 보물에 눈이 먼 수많은 이들이 앞다투어 달려와 있었다.

탐욕에는 정사의 구분과 무위의 고하도 없었다.

인생 역전을 꿈꾸는 정파 무인들과 사파 무인들.

밑바닥 삼류 낭인부터 최상위의 낭인까지, 온갖 인간 군상이 이곳에 모였다.

그나마 사파의 인원이 예상보다 현저히 적었기에 망정이지, 과열된 분위기에 하마터면 정사의 무인들 사이에 혈사가 벌어질 뻔하였다.

하지만 지금 당소정에게 가장 걱정이 되는 것은.

"혹여나 마인들이라도 만났다면……."

사파인들이 아닌 끔찍한 악명을 떨치는 마인들이었다.

곳곳에 은밀히 숨어 있다가 살수를 쏟아 내는 마인들의 습격이 이어진 것이다.

그렇기에 그들을 포함한 무림맹의 장로들이 신경을 곤두

세우고 제자들을 보호하며, 탐색 작업을 펼치고 있었던 것인데.

반 시진 전, 그런 노력에도 불구하고 생각지 않은 기문진의 효력이 발휘되며 제자들과 뿔뿔이 흩어지게 되었다.

"유 당주의 가르침을 받고 부당주는 초절정의 벽을 넘어섰으니, 혹여 마인과 맞붙는다고 하더라도 충분히 제 몸을 지킬 수 있을 것입니다."

"맞습니다. 그리고 저희도 이렇게 함께 있는 걸 보면, 분명히 부당주의 곁에도 다른 동료들이 함께하고 있을 것이니 독후는 너무 심려치 마시지요."

"휴우, 그렇겠죠. 나이를 먹다 보니 자식 걱정이 앞서는군요."

현학도장과 육망선사의 말에 겨우 당소정의 낯빛이 조금이나마 밝아졌다.

남궁백은 그런 당소정의 모습을 보며 속으로 놀랐다.

냉혈이라 불리며 어떤 일에도 절대 흔들리지 않던 그녀의 철심이 이처럼 흔들리는 것을 여태껏 한 번도 보지 못했던 까닭이었다.

'그 아이의 오랜 병환으로 인해 자식에 대한 염려가 무척이나 커졌다고 하더니, 정말이로구나.'

이어 남궁백 또한 당소정을 안심시키려 한마디를 덧붙이려던 그때였다.

스아아!

"······!"

갑자기 느껴진 음험하기 짝이 없는 기운에 네 사람의 등줄기에 동시에 소름이 돋았다.

"누구냐!"

쐐애액!

당소정이 즉시 기운이 느껴진 방향으로 쾌속하게 제 팔을 휘둘렀다.

촤아악!

그와 동시에 그녀의 나풀거리는 팔의 소매 속에서 검은 액체가 쏟아졌다.

다름 아닌 칠절혈독사의 절독으로 만든 사천당가의 비전 독액이었다.

그녀가 처음부터 살수를 펼친 까닭은 느껴진 기운이 분명한 마기였기 때문이었다.

날아든 당소정의 독액이 기운이 느껴진 울창한 수풀 더미를 뒤덮었다.

치이익!

짙은 연기와 매캐한 냄새를 만들며 수풀이 그대로 타들어갔다.

그리고 녹아내리는 수풀 속으로 여러 사람의 신형이 비치고 있었다.

'적이다!'

'한 놈이 아니야!'

네 사람은 즉시 내기를 끌어 올리며 각자의 병기를 꺼내 쥐었다.

쐐애액! 촤아아!

그 순간, 공기가 찢어지는 파공성을 쏟아 내며 이번에는 적의 참격이 날아왔다.

육망선사가 바람처럼 몸을 날렸다.

신묘한 보법을 발휘하여 순식간에 세 사람의 앞에 선 육망선사는 소림사 방장의 상징인 녹옥불장(綠玉佛杖)을 가볍게 휘둘렀다.

파아앗! 콰가가!

녹옥불장에 담긴 강대한 기운이 날아드는 참격들을 일격에 모조리 부숴 버렸다.

거대한 폭음이 지나가고 난 후 사위가 잠잠해졌다.

"끌끌, 오랜만에 여인을 보니 음심이 동하는 걸 참지 못했구나."

침묵을 깨뜨리며 누군가가 음탕한 말을 지껄였다.

곧이어 제 모습을 드러낸 중년인의 모습에 네 사람의 얼굴이 차갑게 굳었다.

사나운 이리를 연상케 하는 얼굴을 지닌 그는 등에 창, 궁, 도 등 수많은 병기를 메고 있었다.

무림맹의 장로 앞에서도 조금도 긴장한 기색이 없는 그는 얼굴에 비열한 미소를 지었다.

당소정이 얼굴을 딱딱히 굳은 채 탄식을 내뱉듯 그의 별호를 꺼냈다.

"……칠병흉마(七兵凶魔)."

칠병흉마, 심후(沈侯).

지금 이곳에서 만나기에는 최악의 상대였다.

일곱 가지의 각기 다른 병기와 무공을 모두 대가처럼 능숙히 다루며, 화경 중급의 경지에까지 오른 절세마인.

타고난 잔혹한 성정과 손 속으로 악명이 자자한 그는 우내 십존 중 가장 말석을 차지하고 있었다.

마공의 특성상 화경 중급의 벽을 넘어서기가 쉽지 않은 까닭에 오랜 세월 말석에 남아 있었지만, 그동안 쌓은 수많은 경험과 실력은 결코 가벼이 볼 인물이 아니었다.

"흥! 독물을 씹어 먹다가 눈이 멀었나. 네년의 눈에는 노부들이 보이지 않는 모양이로구나."

"그러게나 말이야. 역시 위선을 떠는 정파 놈들답게 선배에 대한 공경심이 없구나."

그때, 심후의 뒤편에서 당소정의 허리밖에 키가 되지 않는 난쟁이 노인 두 사람이 모습을 드러내었다.

놀랍게도 그들은 이미 한참 전에 죽었다고 알려진 전대의 마두들, 귀매쌍노(鬼魅雙老)였다.

그들은 심후보다 뛰어났으면 뛰어났지, 절대 밀리는 무위를 지니고 있지 않았다.

"끌끌, 역시 소림의 땡중과 무당의 말코도사도 종남파에 도양선의 보물을 뺏길까 봐 애가 타서 이리 찾아왔구나."

기분 나쁜 웃음소리를 내며 쌍둥이 노인 중 하나가 말을 꺼냈다.

그 말을 통해 무림맹의 네 사람은 적들이 일대신투의 보물을 쫓아 이곳에 왔음을 알아차릴 수 있었다.

그리고 말인즉, 이들과의 혈전은 피할 수 없다는 뜻이었다.

순간, 심후의 눈이 살심으로 번들거렸다.

'후후, 역시 보아하니 모두 제 상태가 아닌 듯하구나.'

숨어서 상황을 지켜보던 심후가 이렇듯 모습을 드러낸 이유는 간단했다.

네 사람 전부 매우 지쳐 전력을 발휘하기 힘든 상황임을 알아차렸기 때문이었다.

그의 말대로 무림맹의 네 사람은 여태껏 한숨도 자지 못하고 여정을 계속한 탓에 극도로 피로가 쌓인 상태였다.

"저놈이 말년의 지루함을 없앨 수 있을 것이라더니, 사실이었어."

"끌끌, 오랜만에 정파 놈들의 피를 마실 수 있겠구나!"

지난날의 여러 일로 무림맹을 극도로 증오하는 세 사람은 이런 좋은 기회를 놓칠 생각이 전혀 없었다.

우우웅! 촤아아!

칠병흉마와 귀매쌍노가 동시에 마기를 끌어 올리자, 주변이 지진이라도 난 듯이 시끄럽게 진동했다.

─처음부터 전력으로 싸워야 할 듯합니다.

─네, 동시에 달려들도록 하죠.

불리하다고 해도 네 장로는 도망을 갈 생각 따위는 전혀 없었다.

어차피 자신들이 이들과 맞서지 않으면, 제자와 자식 들이 이들과 맞붙어야 할 터.

그들은 목숨을 걸고 전투를 벌일 생각이었다.

부스슥!

그런데 그때였다.

"으응?"

사람들의 시선이 동시에 한 곳을 향했다. 느닷없이 또 하나의 인기척이 불쑥 느껴졌기 때문이었다.

수풀이 흔들리며 전혀 생각도 못 했던 인물이 모습을 드러내었다.

"네놈은 누구냐!"

"……그대는?"

의문인을 보고 정마 간에 상반된 반응이 터져 나왔다. 마인들은 극도의 적의, 무림맹의 장로들은 당황이었다.

'귀면랑이 왜 이곳에?'

현학도장이 뼈가면을 쓰고 있는 사내를 바라보며 두 눈을 끔뻑였다.

지난 정사 비무 대회에서 엄청난 소동을 벌이고 종적을 감췄던 귀면랑이 이곳에 등장한 것이다.

하지만 놀랄 만한 것은 그뿐이 아니었다.

'잠깐, 저자는!'

그때, 모두의 눈이 귀면랑의 어깨로 향했다. 귀면랑은 짐짝처럼 누군가를 들쳐 메고 있었다.

귀매쌍노가 손가락으로 귀면랑에게 들려 있는 의식을 잃은 사내를 가리키며 소리쳤다.

"의원이다!"

"소신의인가!"

그에 모두의 눈에 이채가 떠올랐다.

섬서성의 소신의가 담풍과 위무영에게 가지고 온 장보도로 인해 이 모든 일이 시작되었다는 사실은 이미 소문으로 파다하게 퍼져 있었다.

'보고에 함께 들어갔다던 저 의원 놈이 저리 나왔다는 건!'

'담풍, 그놈이 일대신투의 보물을 찾아 나왔다는 뜻이렸다!'

그 순간, 칠병흉마와 귀매쌍노가 귀면랑을 바라보는 눈빛에 짙은 탐욕의 빛을 떠올렸다.

무림맹과 싸움을 벌이려던 상황은 완전히 뒤집혔다.

"저놈을 잡앗!"

"의원을 내놔라!"

파바밧! 콰가가!

칠병흉마가 즉시 표적을 바꾸어 멈추어 서 있던 귀면랑에게로 쇄도하였다.

'이런!'

'도와야 한다!'

무림맹의 장로들은 귀면랑이 누구의 편인지 짐작할 수 없었지만, 그렇다고 이대로 마두들에게 보고의 정보를 넘길 수도 없었다.

파바밧! 타닷!

그들은 급히 귀명랑을 돕기 위해 몸을 날렸다.

"흥! 어딜!"

"네놈들은 우리와 놀아 줘야겠다!"

하지만 그들의 의도를 파악한 귀매쌍노가 노련하게 길을 막아섰다.

촤라라라! 촤아아!

두 노인이 빼 든 똑같은 연검이 마치 살아 있는 것처럼 움직이며 허공을 뒤덮기 시작했다.

그들은 화경 중급을 넘어 중상급에 도달하여 있었다.

상상 이상의 파괴력을 지닌 그들의 공격에 네 사람은 멈춰

설 수밖에 없었다.

결국 남궁백과 육망선사, 당후와 현학도장 두 패로 나뉘어 적의 공세를 받아 내었다.

처척!

그러던 그때, 귀면랑을 향해 질주하던 심후가 등에서 활을 꺼내 들었다. 활시위를 당겼다가 놓는 일련의 동작이 찰나에 완성되었다.

우우웅! 쐐애액!

공기가 거친 울음을 내뱉으며, 강대한 마기가 담긴 화살이 유신운에게 폭우처럼 쏟아졌다.

'앗!'

'이런!'

귀매쌍노와 공방을 펼치며 그 장면을 목격한 무림맹의 네 장로의 표정이 어두워졌다.

심후가 귀면랑이 회피할 수 있는 모든 방위를 완벽하게 점한 것을 확인했기 때문이었다.

그들 모두는 귀면랑이 어깨에 소신의를 짊어진 상태에서 저 공격을 전부 피하는 것은 불가능하다 예상하고 있었다.

하지만.

스아아! 파밧!

"······!"

유신운은 너무도 손쉽게 불가능을 가능으로 만들어 버렸다.

극성에 이른 비뢰신을 발휘해 쏟아지는 화살비 속에 숨겨진 작디작은 틈을 헤치며 모든 공격을 피해 낸 것이었다.

촤악!

그런데 그 와중에 눈먼 화살 하나가 소신의의 엉덩이 부근을 살짝 스치고 지나갔다.

―악! 따가워! 가주님!

제 엉덩이에 불이 붙은 듯 화끈함이 느껴지자, 기절한 척하고 있던 한왕호가 유신운에게 전음으로 비명을 질렀다.

유신운에게 업혀 있는 자는 유의태의 모습으로 변장한 한왕호였다.

하지만 유신운은 그런 사소한 문제는 조금도 신경 쓰지 않았다.

한왕호의 엉덩이가 구멍이 두 개가 되건 말건 무엇이 중요하단 말인가.

그는 가면 속에 숨겨진 두 눈을 게슴츠레하게 뜨고는 진득한 살기를 뿜어내고 있는 심후를 바라보았다.

'원계획대로 네 장로는 잘 데려왔는데…… 이거 웬 쓸데없는 벌레들까지 덤으로 더해졌군.'

아무래도 이 문제의 해결 방법은 하나일 터였다.

우우웅! 콰가가!

순간 유신운이 한쪽 어깨로 한왕호를 그대로 든 채, 다른 한 손에 기운을 끌어올렸다.

'빠르게 처리해야겠어.'

일말의 망설임도 없이 기운을 끌어올리며 전투태세를 갖추는 귀면랑을 보며 심후는 어이가 없었다.

"우습구나! 네놈 따위가 정녕 나를 대적할 수 있으리라 생각하는 것이냐!"

심후가 그리 자신만만해하는 이유는 간단했다. 그는 아직 전력은커녕 반절의 힘도 사용하고 있지 않기 때문이었다.

'근래에 이곳저곳에서 설치고 다니더니, 어린놈이 아주 정신이 나갔구나!'

그는 귀면랑을 완전히 무시했다.

자신의 공격을 막아 낸 것이 놀랍기는 하나 그뿐이었다.

끊임없이 속사를 쏘아 내던 그가 동작을 바꾸었다.

온 힘을 다해 단 한 번의 활시위만을 당겼다.

'이 한 방으로 죽여 버리리라!'

심후는 귀면랑의 머리에 커다란 바람구멍을 낼 생각으로 전력의 마기를 담아 쏘았다.

우우웅! 파아앙!

화살을 쏘았음에도 포탄이 날아가는 듯한 폭음이 터져 나왔다.

얼마나 지독한 마기가 서려 있는지 화살의 궤적을 따라 허공이 일그러졌다.

찰나의 순간 만에 화살은 유신운의 면전까지 당도하였다.

일촉즉발의 상황이었다.

하지만.

착!

'……?'

이어 펼쳐진 전혀 생각지도 못한 광경에 심후의 눈이 처음으로 세차게 흔들렸다.

귀면랑이 아무렇지도 않게 날아든 화살을 한 손으로 잡아챈 것이다.

심후는 순간적으로 머리가 멍해졌다.

'이게 무슨…… 이번에는 분명히 전력을 다했건만.'

이번에는 온힘을 다해 마기를 담아 넣었음에도 너무도 쉽게 파훼된 까닭이었다.

게다가 피한 것도 아니고 기운을 모두 받아 내며 화살을 붙잡아 버리다니!

말도 되지 않는 일이었다. 적어도 자신의 내공에 수배를 지니고 있지 않다면 말이다.

'말도 안 되는 일이다. 그저 운 좋게 요행이 먹혀든 것이다. 분명 그것이야!'

심후가 그렇게 눈앞에 벌어진 일을 애써 부정하고 있던 그때.

이번에는 유신운의 반격이 시작되었다.

스아아!

유신운의 전신에서 기운이 파도처럼 요동치며 주위에 퍼져 나갔다.

주변으로 흘러넘친 유신운의 기운은 바닥에 빽빽이 박혀 있는 심후가 쏘아 냈던 화살들로 향했다.

촤아아! 파아앗!

유신운의 기운을 받은 화살들이 모조리 허공으로 떠올랐다.

수많은 화살촉의 방향이 모두 심후에게로 향하고.

유신운은 허공에 떠오른 화살들에 한 가지 스킬을 덮어씌웠다.

쩌저적! 쩌적!

크라켄의 천빙의 권능이 발현되었다. 모든 화살들이 흘러든 극한의 한기에 순식간에 얼어붙었다.

파앗!

그 순간, 유신운이 적을 향해 손을 휘둘렀다.

쐐애액! 콰가가!

그러자 허공에 떠올랐던 화살들이 제 주인에게 되돌아가기 시작했다.

'으윽! 윽!'

자신의 공격과 마찬가지로 전 방위를 점하며 폭풍처럼 휘몰아치는 공격을 심후는 허둥지둥하며 겨우겨우 피해 갔다.

그 모습이 우스꽝스럽기 그지없었는데, 마치 실이 달린 꼭

두각시 인형이 춤추는 거 같았다.

'크윽!'

하지만 유신운과 같이 완벽하게 피해 낸 것이 아니었기에, 그의 전신에 얼음 화살이 스치고 간 수많은 생채기가 발생하였다.

"크아악!"

"크윽!"

별안간 심후의 뒤편에서 비명이 터져 나왔다.

귀매쌍노가 각기 어깨와 허벅지에 박힌 화살에 고통스러워하고 있었다.

유신운이 그 와중에 심후뿐만 아니라 장로들과 싸우고 있던 귀매쌍노에게까지 화살을 쏘아 낸 것이다.

그 모습을 보며 심후가 빠득 소리 나게 이를 갈았다.

"크으, 이놈! 숨겨 둔 재주가 있었구나!"

스르릉! 스릉!

그는 화살을 막아 내느라 엉망이 된 각궁을 바닥에 집어던지곤 등에서 귀영쌍도(鬼英雙刀)를 꺼내 들었다. 그의 쌍도에 선명한 도강이 치솟아 올랐다.

하지만 유신운은 조금도 겁먹지 않았다.

"늙은이가 처발리고선 말이 많군."

그저 도발의 한마디를 날린 뒤 전면으로 전광석화처럼 달려들 뿐이었다.

-으악! 가주님! 제, 제발 저 좀 내려놓고 싸워요!

어깨에 들쳐 업힌 한왕호가 시끄럽게 비명을 질러 댔지만, 유신운은 사뿐히 무시하고 그대로 전투에 돌입하였다.

그의 손에 어느새 한 자루의 검이 들려 있었다.

쐐애액! 촤아아!

유신운은 횡으로 검을 베어 내며 뇌운십이검의 2초식인 풍뢰단횡을 시전하였고.

"죽엇!"

심후는 자신의 절기인 참절파랑도(斬節波浪刀)의 최후 초식을 쏟아 냈다.

두 사람의 검과 도가 맞부딪치는 순간, 공간에 거대한 격풍이 일었다.

쿠아아아! 콰아아아!

거대한 폭음이 터져 나온 후 싸움의 결과가 만천하에 공개되었다. 심후가 힘의 격차를 버티지 못하고 멀찍이 날아가 망신스럽게 바닥에 처박혀 있었다.

"끄윽! 쿨럭!"

황급히 정신을 차리고 일어난 심후가 입에서 검은 피를 토해 냈다.

유신운은 뇌운십이검의 기본이라 할 수 있는 초반 사초 중에 하나를 사용했고.

심후는 오의라 할 수 있는 최종 초식을 발휘했음에도 이런 참담한 결과가 펼쳐진 것이다.

'뇌운십이검이 왜 이리 강해진 거지?'

사실 이 결과에 유신운조차 놀라고 있었다.

뇌운십이검의 파괴력이 말도 안 되게 증가된 것이다.

'아!'

고개를 갸웃하던 그는 이내 이유를 깨달았다.

돌이켜 보니 각룡 조용과 싸운 후, 뇌운십이검의 심득을 얻어 모든 초식이 강화되었다는 시스템 메시지를 읽은 기억이 났다.

그때는 본 드래곤을 얻느라 그 메시지에 크게 의미를 두지 않았는데, 이제야 그 진가를 깨달은 것이다.

한계라고 생각할 때마다 끝도 없이 강해지다니.

도대체 이 기괴한 무공의 정체는 무엇일까?

뇌운십이검의 진정한 정체에 대해 유신운이 의문을 떠올리던 그때.

"크아아!"

그의 빈틈을 노리고 심후가 광인처럼 달려들었다.

어느새 쌍도를 버리고 창을 꺼내 휘두르는 그를 보며 유신운이 미간을 찌푸렸다.

서걱!

유신운은 한 발을 축으로 삼아 몸을 회전해 가볍게 창을 피하고는 그대로 검을 휘둘러 창의 자루를 잘라 내 버렸다.

또다시 무기를 잃은 그가 허리에 달린 비수를 집는 순간.

서거걱!

"크악!"

유신운은 한 치의 망설임도 없이 그 손을 잘라 버렸다.

푸욱!

그러곤 허공에서 핑그르르 도는 놈의 비수를 잡아 허벅지에 꽂아 넣었다.

"끄으으아!"

순식간에 한 손을 잃고 다리에 칼이 박힌 심후가 고통에 찬 신음을 토해 냈다.

뒤에서 들려오는 끔찍한 비명에 귀매쌍노를 비롯한 무림맹의 장로들이 시선을 돌렸다.

그리고 그 순간.

서거걱! 푸아아!

유신운이 검강이 일렁이고 있는 제 검으로 심후의 목을 거침없이 날려 버렸다.

데구르르– 툭.

"……!"

"마, 막내야!"

놀란 나머지 눈조차 감지 못한 놈의 머리통이 귀매쌍노의 앞까지 굴러갔다.

쿵.

그와 동시에 머리를 잃은 심후의 몸뚱이가 바닥에 엎어졌다.

우내십존의 일인인 칠병흉마가 그렇게 허무하게 죽음을 맞이하였다.

귀매쌍노뿐 아니라 두 가주와 장문인들도 충격에 휩싸였다.

'귀면랑…… 그가 우내십존의 십좌를 저리 우습게 제압할 만큼 강했단 말인가!'

사실 그들은 귀면랑의 강함에 대한 소문을 반신반의했다.

그런데 이렇게 싸움의 과정을 보니 완벽히 알 수 있었다. 귀면랑이 칠병흉마보다 압도적으로 강한 무위를 지니고 있다는 것을 말이다.

한데 그때였다.

파바밧!

느닷없이 유신운이 뒤를 돌더니 벼락처럼 몸을 날려 도망치기 시작했다.

"저, 저놈이!"

"놈! 거기 서라!"

그러자 전투를 치르고 있던 귀매쌍노 또한 전력으로 신법을 발휘해 그를 뒤쫓기 시작했다.

"이, 이런!"

"시, 시주! 잠시만 기다려 보시오!"

남궁백과 육망선사가 급히 귀면랑을 불러 보았지만, 그는 결코 멈추지 않았다.

"우리도 일단 따라가죠!"

파바밧!

당소정의 말에 무림맹의 네 장로들 또한 귀면랑의 뒤를 쫓기 시작했다.

선두에 유신운, 중위에 귀매쌍노, 후위에 네 장로가 뒤쫓는 형국이 전개되었다. 더욱 깊은 산중으로 진입한 그들의 간격은 쉽사리 좁혀지지 않았다.

그러던 그때, 유신운이 뒤를 돌아 자신을 쫓는 여섯 사람의 모습을 힐끗 바라보더니.

'자, 그렇게 잘 따라오라고. 좋은 광경을 보여 줄 테니.'

무슨 이유에선가 가면 속에 숨겨진 입꼬리를 슬며시 말아 올렸다.

그런 사실을 전혀 모른 채 뒤를 쫓던 무림맹의 장로들은 점차 이상하다는 것을 깨닫기 시작했다.

'지금껏 단 하나의 함정과 기문진도 펼쳐지지 않았어.'

'귀면랑은 이곳에 펼쳐진 기문진식에 대해 잘 알고 있는 건가?'

그들이 산속을 헤맬 때는 정말이지 지겨울 정도로 많은 함정들을 마주쳤다.

한데 지금은 단 하나의 함정도 발동되지 않고 있는 것이다.

게다가 귀면랑은 자신들이 딱 쫓을 수 있을 정도의 속도를 유지하며 움직이고 있었다.

'……이건 마치 우리를 정해진 어딘가로 인도한 것 같지 않은가.'

당소정이 귀면랑의 뒷모습을 보며 속으로 생각했다.

그러던 그때였다.

'다 왔군.'

탁.

목적지에 도착한 것을 확인한 유신운이 질주하던 와중에 제 손가락을 튀겼다.

스으읙! 차아아!

'……!'

'이, 이건?'

느닷없이 무림맹의 장로들이 발을 딛고 있던 지축이 흔들리더니, 순식간에 눈앞의 천지가 뒤집혔다.

정신을 차린 그들은 제자들과 흩어지게 되었을 때처럼 또다시 진법의 기이한 힘에 휩싸였음을 깨달았다.

곧이어 사위가 정상으로 돌아오자 네 사람은 자신들이 안개로 뒤덮인 기이한 공간에 갇혔음을 깨달았다.

"……?"

"……!"

그들은 서로를 바라보며 입을 열었다. 하지만 입만 뻥긋거

릴 뿐 아무런 목소리도 나오지 않았다.

　－아무래도 이곳에서는 목소리를 낼 수 없는 모양입니다.

　－……이런.

　그들이 갇힌 곳은 소리가 단절된 무음의 공간이었다.

　스아아! 촤아아!

　한데 그때였다.

　그들의 앞에 놀라운 광경이 펼쳐졌다. 시야를 덮던 안개가 스르륵 흩어지더니, 갑자기 허공에 다른 산중의 모습이 비치기 시작한 것이다.

　－어디로 숨은 것이냐!

　－당장 나오너라!

　그들과 함께 귀면랑을 쫓던 귀매쌍노가 넓은 빈터에서 고함을 지르고 있었다.

　'아!'

　'설마!'

　그제야 장로들은 허공에 비치는 광경이 멀리 떨어진 곳의 모습임을 깨달았다.

　그들은 느닷없이 펼쳐진 믿지 못할 조화에 당황을 숨기지 못했다.

　두두두두! 두두!

　－뭐, 뭐야!

　－저건?

그때, 귀매쌍노가 있던 곳에서 갑작스럽게 지진이 일어났다.

갑자기 진동하기 시작한 대지가 곧 아가리를 벌리더니, 숨겨져 있던 통로가 모습을 드러냈다.

귀매쌍노가 어안이 벙벙한 표정으로 통로를 멍하니 바라보고 있던 그 순간.

─빌어먹을! 빨리 움직여라! 조금이라도 늦으면 놈들이 모든 것을 가져갈 거다!

통로의 안쪽에서 누군가의 거친 목소리가 울려 퍼졌다.

─이곳이 일대신투의 보고구나!

그 목소리에 번뜩 제정신을 차린 귀매쌍노가 기운을 가다듬으며 전투태세를 다시금 갖추었다.

칠병흉마를 죽인 원수를 찾는 일은 이미 욕망에 가려져 잊혀 있었다.

그런 찰나, 지하 통로에서 완전히 폐인의 몰골이 된 위무영이 한 발짝씩 걸어 올라왔다.

　－저 아이는 귀매쌍노를 이길 수 없습니다!

　－당장 도와야 합니다!

　위무영을 본 순간, 육망선사와 남궁백이 커다랗게 소리쳤
다.

　동시에 그들은 즉시 단전에서 내기를 끌어 올렸다. 그러곤
그들을 가두고 있는 기문진을 부수기 위해 녹옥불장과 검을
휘둘렀다.

　우우웅!

　콰아아!

　거대한 폭음이 터져 나왔지만, 안타깝게도 그들을 가두고
있는 공간은 어떠한 변화도 없었다.

눈앞에서 이대로 무림맹의 제자가 죽음을 맞이하는 것을 지켜만 보아야 하는가.

그들은 아무것도 할 수 없는 무력감에 안타까워하고 있었지만.

현학 도장과 당소정은 무언가 이상한 낌새를 눈치채고 차갑게 가라앉은 표정으로 계속해서 떠오른 장면을 바라보았다.

뒤늦게 그 모습을 확인한 육망선사와 남궁백는 의아할 따름이었다.

─……무언가 이상해요.

─예?

당소정이 위무영의 뒤에 선 수하들을 가리키며 말했다.

─저들은 대체 누구지요?

무림맹의 보고에서는 위무영이 분명히 화산파의 제자들을 무단으로 차출하여 갔다고 적혀 있었다.

하지만 현재 그들의 눈앞에 있는 이들은 결코 화산파의 도사들이 아니었다.

곁에 있는 것이 아니기에 저들의 기운을 느낄 수는 없었지만, 무섭도록 서늘한 눈빛들과 한 자루의 칼처럼 벼려진 면모는 살수나 정예 전투원을 연상케 하였다.

'……홀로 사병이라도 키우고 있었던 것인가?'

그렇게 무림맹 장로들의 머릿속에 의문이 꼬리에 꼬리를

물고 있던 찰나.

'빌어먹을! 빌어먹을!'

당사자인 위무영은 그런 사실은 전혀 짐작조차 하지 못한 채, 종남파를 향해 육두문자만을 쏟아 내고 있었다.

그의 정신은 완전히 피폐해져 있었다.

한데 그럴 만도 했다.

인생을 걸고 도박을 했건만 종남파에게 철저히 농락당하고 말았으니까.

'놈들을 모조리 도륙해서라도 보물을 빼앗아야 해! 그렇게라도 하지 않으면 나는…….'

담천군의 손에 결코 살아남을 수 없으리라.

너무도 참혹한 예상이 그의 정신을 뒤흔들었다.

그러던 그때였다.

파아앗! 촤아아!

"크아악!"

혈교의 수하 중 하나가 갑자기 단말마의 비명과 함께 쓰러졌다.

독사처럼 날아든 귀매쌍노의 연검이 수하의 목을 꿰뚫어 버린 것이다.

채채챙!

뒤늦게 적의 습격을 알아차린 위무영과 혈교의 수하들이

급히 전투태세를 갖추었다.

"누구냐!"

"……네놈들은?"

"귀매쌍노!"

곧이어 자신들을 바라보며 비소를 짓고 있는 두 존재를 확인한 그들은 놀란 얼굴이었다.

그들 또한 전대의 마두인 귀매쌍노를 익히 알고 있었다.

그렇게 사냥감의 겁에 질린 표정을 바라보던 귀매쌍노가 입맛을 다시며 말을 꺼냈다.

"호오, 누군가 했더니 담천군의 아해로구나."

"끌끌, 좋은 말로 할 때 노부들에게 냉큼 보물을 가져오너라."

꼬여도 이렇게 꼬일 수가 있는 것인가.

'빌어먹을! 하늘이 정녕 나를 버린 것인가!'

위무영은 하늘이 원망스러울 따름이었다.

'……이길 수 있을까.'

화경 중상급의 무인이 무려 두 명.

이길 가능성은 희박했다.

하지만 이렇게 허무하게 죽을 수는 없었다.

그렇다면 방법은 하나였다.

숨겨 두었던 힘까지 모조리 쏟아부어 상대하는 수밖에.

순간, 위무영의 기세가 바뀌었다.

스아아!

쿠아아!

위무영이 제 모든 힘을 끌어 올리기 시작하였다. 마기와 오염된 마나가 그의 전신에서 흘러넘치고 있었다.

그러자 처음으로 여태껏 낄낄거리며 모두를 비웃기 바쁘던 귀매쌍노의 표정이 처음으로 변화했다.

"뭐, 뭐야?"

"저, 저건!"

위무영의 두 눈과 손이 피처럼 붉게 물들고 있었다.

저런 기괴한 변화를 가져오는 무공은 중원에 단 하나밖에는 없었다.

'……!'

'……혈옥마군(血玉魔君)?'

기진 속에서 상황을 지켜보던 무림맹의 장로들도 경악했다.

그 순간, 귀매쌍노가 천천히 입을 열었다.

"이게 대체?"

"……네놈이 어떻게 천인혈옥수(千人血玉手)를?"

천인혈옥수.

동정녀 천 명의 피를 적셔야 만 대성할 수 있다고 알려진 마공 중의 마공.

귀매쌍노는 당혹스러울 따름이었다.

그 시대의 우내십존으로서 그들보다 더욱 악명을 떨쳤던 혈옥마군의 무공을 검황의 제자가 사용하고 있었으니까.

"죽엿!"

그때, 절규하는 듯한 위무영의 외침과 함께 싸움이 시작되었다.

위무영과 혈교의 수하들은 마공과 몬스터의 힘을 전부 펼치며 적을 공격해 나갔다.

무림맹의 장로들은 그 모습을 보며 머리에 철퇴로 맞은 것과 같은 거대한 충격을 받았다.

'무량수불! 검황의 제자가 악에 물들었다니!'

'눈과 손의 색이 붉게 변화했다는 것은 천인혈옥수가 팔성을 넘었다는 증거! 오랜 시간 은밀히 익히고 있었다는 것인가!'

'마공뿐만이 아니야. 저 해괴한 힘의 정체는 대체?'

그들에게 위무영을 구해 주어야겠다는 생각 따위는 이미 사라진 지 오래였다.

그들은 그저 자신들이 보는 광경이 정녕 사실인지 혼란스러워 하고 있었다.

사로잡힌 진법에 의해 거짓된 모습을 보는 것이라고 믿고 싶었다. 그만큼 충격적이었기 때문이다.

하나 그러는 사이에도 두 패의 싸움은 이어지고 있었다.

위무영의 분투에도 전세는 빠르게 넘어갔다.

"크억!"

"끅!"

단말마의 비명과 함께 두 명의 혈교 무사들이 목숨을 잃고 바닥에 쓰러졌다.

이제 남은 혈교의 무사는 단 일곱에 불과했다.

귀매쌍노는 결코 우습게 볼 이들이 아니었다.

'안 돼!'

위무영이 균형이 무너진 전세에 입안의 살을 씹었다. 비릿한 피 맛이 느껴졌다.

"하앗!"

촤라라!

빈틈을 발견한 귀매쌍노의 연검이 위무영의 팔을 자르기 위해 휘몰아쳤다.

'아아!'

위무영이 어떤 방법을 쓰더라도 공격을 피할 수 없음을 자각하고 절망하던 그때였다.

우우웅!

콰가가가!

거대한 폭음이 터져 나왔다.

"크아아!"

비명과 함께 팔이 날아간 것은 위무영이 아닌 귀매쌍노였다.

갑자기 날아든 참격이 그의 연검을 쳐 내는 것도 모자라, 팔을 그대로 잘라 버린 것이다.

얼떨떨한 표정으로 위무영이 참격이 날아온 방향을 보고는 눈을 커다랗게 떴다.

"사형!"

그곳에는 이세천이 검을 출수한 채 서있었다.

"크윽! 네, 네놈은! 헙!"

급히 점혈을 하여 잘린 팔의 지혈을 마친 귀매쌍노가 이세천을 바라보다가 당혹스러워하였다.

처처척!

처척!

이세천의 등 뒤가 수많은 아지랑이가 합해진 것처럼 어지럽게 일렁이더니, 곧이어 수많은 무인들이 제 모습을 드러냈기 때문이다.

이세천이 이끄는 황룡위, 멸절사태가 이끄는 아미파의 제자들, 천강진인이 이끄는 공동파의 제자들이 모두 등장하였다.

이세천과 장문인들의 얼음장처럼 싸늘한 시선이 위무영을

훑었다.

그 모습을 보며 무림맹의 장로들은 더 큰 의문이 들었다.
'……왜, 저들은.'
'……마공을 사용하는 위무영과 수하들을 보고 놀란 기색이 없지?'

그때, 모든 마기를 끌어 올린 귀매쌍노가 목소리를 높였다.
"이 건방진 놈들!"
"크윽! 원군이 오면 뭐가 달라질 것 같더냐!"
공간이 뒤흔들릴 정도의 강대한 마기였지만, 이세천은 조금도 미동하지 않았다.
"방해꾼은 죽여라."
파바밧! 파밧!
이세천의 한마디에 황룡위 두 명이 전광석화처럼 귀매쌍노에게 달려들었다.
촤라라!
쐐애액!
코웃음을 치며 귀매쌍노가 자신들의 절초를 쏟아 내었다.
하지만.
그아아!

콰아아!

'……!'

'마, 말도 안……!'

일순간, 황룡위 두 사람에게서 휘몰아친 지독한 마기는 그들의 경지보다 훨씬 더 앞서 있었다.

푸욱!

푸푹!

검이 살을 뚫고 나오는 섬뜩한 소리가 주위에 울려 퍼졌다.

서거걱!

귀매쌍노의 단전에 검을 꽂아 넣은 황룡위 두 사람은 그대로 검을 올려쳤다.

쿠웅!

귀매쌍노 두 사람이 반으로 갈린 참혹한 모습으로 바닥에 허물어졌다.

그렇게 순식간에 장내가 정리되자 이세천은 위무영에게로 고개를 돌렸다.

"사, 사형."

"내가 왜 너의 사형이더냐?"

"왜, 왜 그러십니까?"

"정녕 몰라서 묻는 것이냐?"

엉망이 된 몰골로 자신을 부르는 위무영에게 이세천은 차갑게 말했다.

스르릉!

이세천이 검을 빼어 든 채 위무영에게 천천히 걸어가기 시작했다.

그러자 사색이 된 위무영이 벌벌 떨며 말을 이어 갔다.

"서, 설마 스, 스승님께서 절 버린 겁니까?"

"흥, 네놈의 선택에 따라 다르겠지."

"……."

"물건은 어디 있느냐?"

"……없습니다."

"뭐라?"

위무영의 말에 이세천의 두 눈에 분노가 끓어올랐다. 섬뜩한 살기마저 느껴지자 멸절사태와 천강진인은 말을 아끼고 상황을 지켜보았다.

"종남파가 선수를 쳤습니다! 아니, 놈들이 제게 계략을 부렸습니다!"

"……종남파가 모든 보물을 가져갔단 뜻이더냐?"

"예, 사형. 저, 저는 정녕 아무것도 얻지 못했습니다! 저는 그저 교와 스승님께 도움이 되고자 했을 뿐입니다! 미, 믿어 주십시오! 사형!"

한심한 소리를 이렇게나 당당히 지껄이다니.

이세천은 어처구니가 없었다.

'머저리 같은 놈!'

이세천은 당장이라도 위무영의 목을 베어 버리고 싶었다.

뒤에서 지켜보는 멸절사태와 천강진인의 헛웃음 소리가 귀에 들려왔다.

굳건했던 담천군과 혈교의 위상이 처음으로 흔들리고 있었다.

그는 겨우 흥분을 가라앉혔다.

지금은 위무영의 처분이 우선이 아니었다.

'이놈의 말대로 종남파가 보물을 손에 넣었다면, 그것부터 최대한 빨리 회수하는 것이 급선무다.'

"그렇다면 종남파는 지금 어디에……."

그가 위무영에게 담풍과 종남파의 행적을 물으려던 찰나였다.

탁. 타닥.

갑자기 뒤편에서 발소리가 들려왔다.

이세천을 포함한 모두의 시선이 소리의 근원지로 향했다.

보고로 향하는 구멍에서 누군가의 발소리가 들려오고 있었다.

'……누구지? 대체?'

분명히 수하 중 함께 빠져나온 이들을 제외하고는 생존자는 아무도 없었기에 위무영은 깜짝 놀랐다.

하지만 잠시 후, 모습을 드러낸 이를 바라보는 위무영은 충격에 휩싸일 수밖에 없었다.

"네놈은……!"

"네, 네놈이 왜 그곳에서?"

구멍의 안쪽에서 나타난 것은 다름 아닌 종남파의 대제자인 추준경이었다.

"크흐흐. 크흐."

머리는 산발에 옷은 넝마가 된 채 비틀거리며 나온 그는 한눈에도 제정신이 아니었다.

그는 광기에 물든 눈으로 침을 질질 흘리고 있었다.

추준경은 실성한 상태였다.

죽어 가는 스승을 버리고 비열하게 도망을 쳤다는 죄책감에 정신이 붕괴하고 만 것이다.

'이게 대체 어떻게 된 거지?'

이세천은 당최 현 상황이 이해가 가지를 않고 있었다.

위무영이 나온 신투의 보고에서 왜 종남파의 대제자가 나온단 말인가.

하지만 그것은 위무영 또한 마찬가지였다.

'헉!'

그 순간, 위무영과 추준경의 눈이 허공에서 마주쳤다.

"너! 너!"

광기에 물들어 있던 추준경의 눈동자가 점차 제정신의 것으로 돌아왔다.

추준경은 유신운의 계략에 의해 모든 사단이 위무영에 의해 벌어진 것으로 알고 있었다.

그래서 원수인 위무영을 보자 잠시나마 이성을 되찾은 것이다.

추준경이 갑자기 위무영을 향해 소리를 내질렀다.

"위무영! 네놈이! 화산이 어떻게 우리 종남에게 이럴 수 있느냐!"

"네, 네놈 지금 무슨 말을!"

느닷없는 돌발 행동에 당황한 위무영이 말을 버벅였다.

위무영은 갑작스럽게 피해자의 모습을 가장하는 추준경의 태도가 이해가 가지 않았다.

그러나 추준경은 멸절사태와 천강진인을 보며 폭주하기 시작했다.

"화산파가 보물을 위해 종남을 쳤다! 네놈들 모두 정신을 똑바로 차려라! 네놈들도 스승님처럼 이용당하다가 결국 혈교의 제물이 될─!"

서거걱!

하지만 추준경의 말은 더 이어지지 못했다.

이세천의 검에 추준경의 목이 잘려 나가 지면을 뒹굴었다.

"날 속였구나."

이세천이 싸늘하게 식은 눈으로 위무영을 바라보며 말을 꺼냈다.

'아, 아니야. 아니라고.'

그런 이세천의 눈빛에 위무영이 공포에 떨었다.

겁에 질린 위무영이 저도 모르게 뒷걸음질을 친 순간, 무언가가 그의 발에 치였다.

'히익!'

뎅겅 잘린 추준경의 머리였다. 미처 감지 못한 핏발 어린 두 눈이 위무영을 노려보고 있었다.

그 끔찍한 광경에 등줄기에 소름이 돋았다.

그리고 위무영은 이대로 있다간 자신 또한 저 꼴이 된다는 것을 깨달았다.

핏기가 사라져 하얗게 질린 얼굴로 위무영이 말을 꺼냈다.

"아, 아닙니다, 사형! 이건 정말로 모함입니다. 저는 보고 안에서 아무것도 얻지 못했습니다."

위무영은 살아남기 위해 자존심을 버리고 이세천에게 빌기 시작했다.

하지만 그 모습을 바라보는 이세천의 시선은 얼음장처럼 차갑기 그지없었다.

"확실히 진일보했구나. 이런 상황에서조차 다시금 눈 하나 깜빡하지 않고 거짓을 늘어놓다니⋯⋯."

이세천은 위무영의 말과 행동을 끝까지 자신과 담천군을 기만하려는 것으로 이해했다.

"그, 그것이 아니⋯⋯ 흐억!"

타들어 가듯 답답한 마음을 참고 어떻게든 이세천을 설득하려던 위무영이 화들짝 놀라 몸을 말았다.

후아아! 파아앗!

별안간 이세천의 전신에서 막대한 기운이 폭발하듯 차올랐기 때문이었다.

"……!"

"……!"

발산하는 것만으로 주변인들의 숨이 턱 막힐 정도의·강대한 마기에 멸절사태와 천강진인이 깜짝 놀랐다.

이세천이 분출한 마기는 위무영만을 향하지 않았다. 지켜보던 두 장로들에게도 위협을 가하고 있었다.

'……후계자는 후계자인가. 설마 숨겨 둔 본신의 역량이 이 정도일 줄이야.'

'저 정도라면 가히 담풍보다도 뛰어날 듯하군.'

자신들에게 무례를 저질렀음에도 이세천의 저력을 확인한 두 장로는 침음을 삼키며 말을 아꼈다.

그런 두 사람의 반응을 슬며시 살핀 이세천의 입꼬리가 살짝 올라갔다.

'그래, 그렇게 입 닥치고 지켜만 보고 있거라. 그것이 네놈들의 위치이니.'

이세천은 일부러 장로들에게 자신의 실력을 보였다.

위무영이 갉아먹은 혈교의 위상에 혹여라도 두 사람이 쓸

데없는 생각을 가질까 저어된 것이다.

그러나 이세천 본인은 몰랐겠지만, 그의 그런 선택은 다른 곳에서 최악의 결과를 불러일으키고 있었다.

'맙소사!'

'어찌 이런 일이…….'

단절된 공간에 갇혀 있는 무림맹의 네 장로들은 이세천마저 마공을 사용하자 충격에 할 말을 잃어버렸다.

무림맹주의 두 제자가 암중 세력의 간자였다니.

어찌 이런 일이 벌어질 수 있단 말인가!

정신이 아득해지는 것만 같았다.

하지만 그것도 잠시뿐이었다.

그들은 한 사람, 한 사람이 구파일방과 칠대세가라는 거대 문파를 이끄는 존재들.

'이세천이 마기를 쏟아 냄에도 두 장로가 놀라지 않고 방관하고 있다는 것은…… 저들 역시 타락하였다는 뜻이리라. 그 말인즉…….'

극한의 혼란 속에서도 네 장로의 머리는 빠르게 눈앞에 펼쳐진 상황을 파악하고 있었다.

마침내 네 사람은 동시에 두 가지 결론을 내렸다.

무림맹의 내부에 혈교라는 암중 세력이 흘러들어 와 있다.

맹주인 담천군 또한 그들의 일원이며, 이미 종남, 아미, 공동, 화산 네 파가 변절하였다.

놀랍게도 그들은 위무영, 위세천의 대화와 그들을 바라보는 멸절사태와 천강진인의 모습을 보며 현 상황을 정확히 파악하는 것에 성공했다.

'아미타불, 아미타불…… 이 참담한 일이 정녕 사실이란 말입니까.'

'과연 변절한 간자들이 저뿐일까?'

'……한데 귀면랑은 이런 사실을 어찌 알았단 말인가.'

'확실한 건 귀면랑이 우리를 이곳에 가 둔 목적이 이 광경을 보여 주기 위함이라는 것이다.'

꼬리에 꼬리를 무는 의문의 종착지는 귀면랑에 대한 것이었다.

가면 속에 숨겨진 귀면랑의 진정한 정체에 그들이 고심하던 그때였다. 마음을 정한 이세천이 위무영에게 터벅터벅 걸어가며 말을 꺼냈다.

"정보는 얻어야 하니 죽이지는 않겠다. 하지만 네놈이 입을 여는 데 팔과 다리는 필요치 않으리라."

"사, 사형!"

이세천의 검에서 흉흉한 마기가 끓어오르는 것을 확인한

위무영의 눈동자가 지진이라도 난 듯이 흔들렸다.

사지를 자르겠다는 놈의 말은 결코 거짓이 아니리라.

'크윽! 은총의 힘을 사용한다면…… 아냐, 그리한다고 한들 저놈을 이길 수 있을 리 없어. 그렇다면 도주를 하는 수밖에 없건만…….'

위무영은 어떻게든 살아남기 위해 방책을 강구했지만, 어떤 방법을 떠올려도 뾰족한 대책이 없었다.

'정녕 이렇게 끝인가…….'

그의 눈동자 속에 절망만이 내려앉은 그때, 갑자기 기현상이 발생했다.

스아아!

장내에 정체를 알 수 없는 기운이 느닷없이 휘몰아치더니.

'……어라, 이건?'

촤아아! 파앗!

갑자기 의문의 와류에 뒤덮인 위무영의 신형이 감쪽같이 사라져 버린 것이다.

뒤늦게 이상을 감지한 이세천이 빠르게 손을 뻗었지만, 한발 늦어 애꿎은 허공만을 휘저었다.

"이런!"

눈앞에서 위무영을 놓친 이세천이 허망한 신음을 토해 냈다.

그 모습을 멀리서 지켜보던 유신운이 한쪽 입가를 말아 올렸다.

'워워, 그놈의 목을 치는 건 내 몫이라고.'

위무영이 사라진 것은 유신운이 진법을 조작했기 때문이었다.

하지만 그 사실을 알 리 없는 이세천은.

'놈! 역시 이 산중의 진법도 네놈이 펼쳐 놓은 것이었구나!'

위무영이 진법을 이용했다고 오해하고는 분노를 뿜어냈다.

"절반의 병력은 놈을 추적하고, 나머지 인원은 보고의 내부에서 보물을 회수한다!"

처척! 파밧!

이세천의 말이 떨어지자마자 절반의 황룡위가 곧바로 위무영을 추적하기 위해 몸을 날렸다.

아무리 위무영이 용을 써 봤자 담천군이 직접 키운 저 괴물들의 추적은 절대 피할 수 없으리라.

이세천은 나머지 병력을 이끌고 혹시 모를 보물을 회수하기 위해 보고의 입구로 몸을 돌렸다.

그렇게 진입을 하려던 찰나, 이세천이 서슬 퍼런 눈빛으로 천강진인과 멸절사태를 바라보며 말했다.

"장로님들은 어찌하실 예정입니까?"

말의 속뜻인즉 보고에는 눈독 들이지 말고 그만 꺼지라는 말이었다. 그 의미를 모를 리 없는 두 사람은 모욕감에 표정에 노기가 차올랐다.

"우리는 우리가 알아서 할 터이니, 걱정하지 말게."

"흥, 그만 가지!"

두 장로는 말을 마침과 동시에 등을 돌렸다.

'시건방진 놈!'

'반드시 네놈들보다 위무영을 먼저 찾아내 보물을 차지하리라!'

그들은 어쩔 수 없이 신투의 보고에 진입하는 것을 포기했지만, 작은 가능성을 좇아 위무영의 뒤를 밟을 생각이었다.

파바밧!

세 무리가 모두 뿔뿔이 흩어졌다. 아무도 남지 않은 장내에는 어느새 싸늘한 침묵만이 내려앉았다.

그렇게 잠시간의 시간이 흐른 뒤.

스으으.

느닷없이 텅 비어 있던 허공이 반으로 갈라졌다. 그러곤 그 속에 숨어 있던 한 존재가 모습을 드러내었다.

지켜보던 네 장로는 눈을 커다랗게 떴다.

모든 수수께끼의 열쇠를 쥐고 있는 귀면랑이 모습을 드러낸 것이다.

스윽.

주변을 훑던 그의 시선이 한 곳을 향했다.

'헙!'

'······설마!'

'우리가 보이는 건가?'

순간, 네 장로는 몸을 움찔거렸다. 가면 속에서 빛나는 귀면랑의 눈빛과 정면으로 마주했기 때문이었다.

마치 잘 보았냐는 듯 그들을 조용히 지켜보던 귀면랑은 이내 처음 장로들을 가두었을 때와 마찬가지로 손가락을 튀겼다.

스아아! 촤아아!

그의 손동작과 함께 잠잠하던 안개가 휘몰아치기 시작했다. 그들을 가두고 있던 진법이 해체되고 있었다.

파바밧!

그와 동시에 귀면랑이 몸을 돌렸다.

귀면랑이 떠나려는 것을 알아차린 네 장로는 닿지 않을 것을 알면서도 계속해서 전음을 날렸다.

─자, 잠깐만!

─이보게!

파바밧!

하지만 그들의 애타는 요청에도 유신운은 아무런 대답 없이 몸을 날렸다.

'아직은 때가 아닙니다.'

그는 조금의 미련도 없었다. 지금은 저들에게 가면 속의 정체를 밝힐 때가 아니었기 때문이었다.

귀면랑의 신분으로만 할 수 있는, 또 해야만 하는 일들이 아직 많이 남아 있었다.

스으으.

허공이 갈라지며 유신운은 다시금 진법의 중추 속으로 몸을 숨겼다.

'자, 그럼 이제 슬슬 쥐 몰이를 하러 가 볼까.'

우우웅!

그와 동시에 마치 그의 손바닥에 올려놓은 것처럼, 다른 곳으로 강제로 이동된 위무영의 기운이 정확히 느껴지기 시작했다.

삐이이! 둥두둥!

시끄러운 호각 소리와 북소리가 산의 곳곳에서 울려 퍼졌다.

각기 다른 세력에서 사용하는 신호 물품들이 목표물을 포착했다는 정보를 아군에게 바삐 알리고 있는 것이다.

"위무영이다!"

"맹주의 막내 제자를 찾았다!"

탐욕에 눈이 벌게진 무사들의 외침 또한 산중에 울려 퍼지는 가운데.

파바밧! 파밧!

위무영이 미친 듯이 산길을 내달리고 있었다.

'허억, 헉! 빌어먹을! 정말 미쳐 버리겠군!'

봉두난발에 엉망이 된 모습으로 그는 가쁜 숨을 헐떡이며 달음박질을 치고 있었다.

파바박! 파박!

그와 동시에 뒤에서 날아온 수많은 화살들이 그가 지나간 길에 박혔다.

"서라!"

"멈춰라!"

그의 뒤를 쫓는 수많은 적이 쏟아 낸 화살들이었다.

적들은 그가 무림맹주의 제자라는 사실 따위는 조금도 신경 쓰지 않고 있었다. 그들의 머릿속에는 오로지 신투의 재화와 보물을 빼겠다는 생각밖에 남지 않았다.

하지만 적들과 위무영의 거리는 자꾸만 벌어졌다. 극성으로 펼친 위무영의 신법을 따라잡을 만한 이가 없었기 때문이었다.

'허억, 헉. 돼, 됐다.'

위무영이 완벽히 적들의 추적을 따돌리고 성공적으로 산을 빠져나가는 듯하던 그때였다.

우우웅!

갑자기 위무영의 주변이 진동하며 어지럽게 뒤섞이기 시작했다.

'으아아! 또냐!'

그 현상을 목도한 위무영이 속으로 비명을 내질렀다.

휘몰아치는 폭풍에 빠진 것처럼 주변이 순식간에 뒤집히더니.

"히익!"

"뭐, 뭐야!"

위무영은 산의 깊숙한 위치로 강제로 이동되었다.

아무것도 없던 허공에서 갑자기 위무영이 등장하자, 수색 작업을 하고 있던 무사들이 기겁하며 놀랐다.

마진법을 다루기 시작하며 유신운의 진법 조작 실력은 어느새 만상자가 만든 한계조차 돌파하였다.

그는 수많은 무인들이 자리하고 있는 이곳, 산 전체를 통째로 조작하고 있었다.

그리고 위무영이 탈출에 성공하려는 시점마다 다시금 다른 추적대가 있는 곳으로 강제로 이동시켜 버렸다.

"잠깐! 이, 이놈은!"

"찾았다!"

순간, 뒤늦게 위무영의 정체를 알아차린 무사들이 소리를 내질렀다.

파바밧!

이제는 익숙한 그 모습에 슬슬 뒷걸음을 치던 위무영이 벼락같이 몸을 날렸다.

"저놈 잡아라!"

"놈이 신투의 보물을 지니고 있다!"

무인들의 입장에서는 아무것도 없던 허공에서 번쩍 등장한 위무영의 모습에, 신투가 숨겨 둔 보물의 힘을 사용했다고 오해할 수밖에 없었다.

'없다고! 나한테 보물은 없다고, 이 새끼들아!'

위무영은 또다시 시작된 추격전에 억울함이 목 끝까지 차올랐다.

"시이바아알!"

당장이라도 울 것 같은 표정으로 허공에 욕지거리를 토해 내는 그 처량한 모습을 보며, 몸을 숨기고 있는 유신운이 비웃음을 날렸다.

우우웅!

다시금 위무영의 주변 환경이 어지럽게 뒤섞이기 시작했다.

'……그래, 마음대로 해라.'

같은 상황을 반복하고 또 반복한 위무영은 자포자기한 심정으로 진법의 변화를 받아들였다.

산에 모여든 모든 이들의 사냥감 신세가 된 그는 피로감이 극도로 누적되어 당장이라도 쓰러질 것만 같은 폐인의 몰골이 되어 있었다.

'어라?'

하지만 곧이어 시야에 들어오는 주변의 모습을 확인한 위무영은 당황한 기색이 역력해 보였다.

"……여긴 또 어디야?"

그가 주변을 둘러보며 혼잣말했다.

진법이 이동시킨 곳은 지금까지처럼 산중이 아니었다.

'이게 무슨…… 주변에 아무것도 없잖아?'

존재하는 것이라고는 오로지 순백의 색밖에 없는 공간이 그의 눈앞에 느닷없이 펼쳐진 것이다.

너무도 현실감 없는 생경한 광경에 위무영은 자신이 너무 지친 나머지 저도 모르게 죽음을 맞이한 것이 아닌가 하는 생각이 들었다.

불안한 마음에 위무영은 급히 운기를 해 보았다.

'……다행히 그건 아니군.'

그러자 다행히도 내기의 흐름은 정상이었다.

한데 그렇게 그가 마음을 진정시킨 찰나였다.

"꼴이 참 잘 어울리는군."

"……!"

분명히 아무것도 존재하지 않던 공간에서 누군가의 목소리가 울려 퍼졌다.

촤아아!

"누구냐!"

위무영은 다급히 검에서 기운을 쏟아 내며 빠르게 사방을 훑어보았다.

하지만 어디에도 목소리의 주인은 보이지 않았다.

긴장한 위무영의 이마로 땀 한 방울이 흘러 내렸다. 지진이라도 난 것처럼 흔들리는 그의 두 눈에는 초조함만이 가득하였다.

그때, 목소리가 다시 한번 들려왔다.

"이날이 오기까지 생각보다 꽤 오래 걸렸어. 네놈을 처리해야겠다고 결정한 건 거의 보자마자였는데 말이지."

'……이 목소리는?'

분명히 어디선가 들어 본 목소리에 위무영이 고심하던 그때.

스아아!

검으로 베어 낸 듯 허공이 세로로 갈라지며 그 속에서 한 존재가 모습을 드러내었다.

다름 아닌 귀면랑이었다.

"네, 네놈은!"

생각지도 않은 존재의 등장에 위무영이 당황하여 어쩔 줄을 몰랐다.

현재 교에서 잡기 위해 혈안이 되어 있는 이가 느닷없이 자신의 눈앞에 등장한 것이다.

위무영은 겨우 격동하는 마음을 진정시키고는 이내 귀면 랑에게 짙은 살기를 쏟아 내며 말을 꺼냈다.

"놈! 대체 정체가 뭐냐!"

"쯔쯔, 일부러 목소리도 바꾸지 않았는데 아직도 내가 누 군지 모르겠나?"

그러자 유신운이 혀를 차며 대답하고는.

스윽.

얼굴에 쓰고 있던 뼈 가면을 벗었다.

"헉!"

드러난 귀면랑의 얼굴에 위무영이 헛숨을 내뱉었다.

'소, 소신의?'

그곳에는 종남파에 붙었던 소신의 유의태의 얼굴이 있었 다. 너무 놀란 위무영은 머릿속이 빙빙 도는 느낌이었다.

하지만 아직 놀라기는 일렀다.

"아니, 네놈의 멍청함으로는 여기까지 보여 주어야 상황 을 파악하겠지."

유신운은 말을 마침과 동시에 손바닥으로 자신의 얼굴을 훑어 내렸다. 그러자 신기루처럼 유의태의 얼굴이 사라지고 본래의 얼굴로 돌아왔다.

"유, 유신운!"

위무영이 이제는 넋이 나간 채 그의 이름을 뇌까렸다.

소신의와 귀면랑의 정체가 유신운이라는 사실을 깨닫자,

수많은 의문의 조각들이 하나로 합쳐지기 시작했다.

곧이어 '아!' 하는 짧고도 깊은 탄식과 함께 위무영은 현실을 정확히 깨달았다.

'신투의 보고 따위는 없다. 모든 일은 저놈이 종남과 나를 나락에 빠뜨리려는 계략이었던 것이야.'

위무영은 등줄기에 소름이 돋았다.

유신운 한 명에게 혈교 전체가 철저히 농락당하고 있었다니!

그의 눈에 충격과 두려움이 동시에 차올랐다.

'아냐, 지금 내가 이럴 때가 아니다. 이건 어찌 보면 내게는 더할 나위 없는 기회야.'

저놈을 제압하고 유신운이 귀면랑이라는 사실을 이세천에게 알린다면, 생을 이어 갈 한 가닥의 희망이 될 수 있으리라.

그 사실을 알아차리자 그의 눈빛에서 두려움이 사라지고, 오로지 짙은 살의만이 새어 나오기 시작했다.

"또또 같잖은 계획을 세웠구먼. 뻔하다 뻔해."

그 시건방진 눈빛을 한심하게 바라보며 유신운이 차가운 비소를 지었다.

여유롭기 그지없는 태도에 위무영은 왠지 모를 불안감을 느꼈지만, 그 감각을 애써 떨쳐 내려는 듯 커다란 포효를 터뜨렸다.

"머리만 빼고 모조리 짓이겨 주마!"

그아아! 파아아!

그의 전신에서 오염된 마나가 휘몰아치기 시작했다.

그드득, 꾸드득.

은총의 힘을 쏟아 낸 위무영의 전신에서 뼈와 살점이 뒤틀리는 듯한 끔찍한 소리가 울려 퍼졌다.

곧이어 인간의 탈을 벗고 괴물의 형상으로 급속도로 몸을 부풀려 갔다.

순식간에 올려다보아야 할 정도로 몸집을 불린 녀석을 보며, 유신운은 녀석이 얻은 힘이 '에이션트 트롤'이라는 사실과 위무영이 아직 담풍과 같은 경지에는 오르지 못한 걸 알아차렸다.

'하긴 오염된 마나를 완벽히 조작할 수 있는 자가 그리 많을 리가 없지.'

-그으으!

그때, 몬스터화를 끝마친 위무영이 유신운을 흰자위만이 남은 눈동자로 노려보았다.

-주, 죽인다.

쿠웅! 쿠궁!

입가에서 침을 뚝뚝 떨구며 거칠게 돌진하는 녀석은 한눈에 보아도 지능이 많이 떨어져 보였다.

하지만 에이션트 트롤의 거체가 달려오는 모습은 꼭 전각한 채가 밀려오는 것 같았다.

물론 유신운은 조금도 겁먹지 않았다. 오히려 비웃음 가득한 표정으로 위무영을 차갑게 바라볼 뿐이었다.

'뭐, 무리 없이 금방 끝나겠군. 택해도 꼭 자기 같은 몬스터를 택했어.'

에이션트 트롤은 높은 전투력과 방어력 그리고 가공할 재생력을 지니고 있지만, 지능이 매우 뒤떨어진다는 최악의 단점이 있었다.

까다로운 특수 능력 하나 없이 오로지 재생력과 힘을 믿고 공격 일변도로 몰아붙이는 녀석은 유신운에게 연습용 모래주머니나 다름없었다.

'새롭게 얻은 노예들 실력이나 봐야겠어.'

순간, 유신운이 음의 마나가 일렁이는 자신의 양손을 지휘하듯 휘저었다.

우우웅! 우웅!

그러자 달려드는 트롤과 유신운의 사이에 위치한 순백의 지면에 소환진 두 개가 모습을 드러내었다.

쐐애액! 부우웅!

그때 어느새 당도한 에이션트 트롤이 유신운에게 장정의 몸통만 한 주먹을 휘둘렀다. 덩치에 어울리지 않는 쾌속한 속도에 바람이 찢어지는 소리가 터져 나왔다.

하지만 안타깝게도 놈의 일격은 유신운에게 허용되지 않

았다.

파아앗! 파앗!

소환진 속에서 나타난 두 인형이 각자의 병기로 놈의 주먹을 쳐 낸 것이다.

콰가가! 콰앙!

세 존재의 강대한 기운이 맞부딪치자 폭음과 함께 충격파가 발생했다.

-크어어!

쿠당탕.

에이션트 트롤은 충격파에 실린 힘을 버티지 못하고 비명을 토해 내며 우스꽝스러운 꼴로 바닥을 뒹굴었다.

-그, 그어?

금강석과 같은 외피 탓에 상처는 없었지만 트롤은 당황한 기색이 역력했다.

그리고 그런 녀석을 화경 스켈레톤 '칠병흉마 심후'와 현경 스켈레톤 '절명검군 담풍'이 살기등등한 눈빛으로 노려보고 있었다.

귀매쌍노의 시체는 이세천과 혈교의 무사들이 보고에서 나오는 자리에 있었기에 회수하지 못했지만.

멀찍이 떨어진 곳에 있던 심후의 시체는 위무영이 진법에 빠져 헤매고 있을 때 미리 회수해 둔 지 오래였다.

우우웅! 우웅!

에이션트 트롤 따위와는 비교가 불가한 막대한 기운이 공간을 순식간에 채우기 시작했다.

'담풍이 본래의 목표였지만, 심후는 생각지도 않은 선물이었지.'

기운을 발산하는 두 스켈레톤을 보며 유신운이 만족스러운 미소를 지어 보였다.

한데 그럴 만도 했다. 우내십존급의 최고수 두 명을 자신의 충실한 노예로 만들었으니까 말이다.

"심후, 담풍, 썰어라."

그때, 유신운의 명령이 떨어졌다.

파바밧! 파앗!

심후와 담풍이 공간을 접어 달리며 적에게 전광석화처럼 돌진했다. 그러는 담풍의 검에서는 검환이, 심후의 창에서는 창강이 솟구쳐 있었다.

좌라라라! 콰가가가!

두 사람의 손에서 펼쳐진 지고한 마공이 허공을 화려하게 수놓았다.

체급 차이가 말도 안 되는 수준이었지만, 두 스켈레톤은 트롤을 무자비하게 몰아붙였다.

서거걱! 투둑!

창과 검이 휘둘러질 때마다 도축을 하는 것처럼 트롤의 살점과 피가 사방으로 떨어져 내렸다.

-그, 그아아!

트롤이 비명을 내질렀다. 재생력으로 상처는 빠르게 회복되고 있었지만, 고통은 그대로 느껴지고 있었던 탓이었다.

그러나 두 스켈레톤들은 공격을 멈출 생각이 전혀 없었다.

참혹한 지옥도가 펼쳐지고 가운데, 오로지 유신운만이 유유히 사방에 튄 트롤의 피와 살점을 아공간에 수거하고 있었다.

'호오, 이거 생각 외의 소득이군.'

피와 살점을 보고 추후에 요긴하게 사용할 용도가 떠오른 유신운의 눈이 이채를 띠었다.

그렇게 시간은 빠르게 흐르고.

-그, 끄으으.

무한할 것만 같던 트롤의 재생력이 눈에 띄게 줄어들고 나서야 유신운의 채집 작업이 끝이 났다.

'자, 그럼 두 번째 실험으로 돌입해 볼까.'

그 순간, 유신운이 마기가 넘쳐흐르는 두 스켈레톤을 보며 눈을 빛냈다.

'화경 중급과 현경 초입의 마인이라면 이 힘을 조금이나마 견뎌 낼 수 있겠지.'

모든 스켈레톤은 유신운에게 기운을 공급받아 움직인다.

그리고 유신운은 두 스켈레톤에게 새로운 힘을 한 번 넘겨 줘 볼 생각이었다.

유신운은 두 눈을 감고 집중했다. 자신의 가장 깊숙한 곳에 그저 담아 두기만 했던 힘을 조심스럽게 건드려 보기 시작했다.

　쿠아아! 콰아아!

　예상과 마찬가지로 격렬한 반동이 느껴졌다.

　조용히 잠들어 있던 그 기운은 유신운이 자신을 건드리자 흉험한 본성을 드러내었다.

　그의 몸에 깃든 수없이 많은 기운 중에서도 비교가 되지 않을 정도로 파괴적이고 위험한 힘이었다.

　이렇게 될 줄 알았기에 지금껏 사용해 볼 생각조차 하지 못했다.

　'아직 완벽히 가다듬지는 않았지만 완성된 동화선결을 이용한다면……!'

　그렇게 유신운이 새롭게 얻은 동화선결 후반부의 요결을 떠올리자.

　후아아! 콰아아!

　놀랍게도 그의 체내에서 폭주하고 있던 힘, '순마기'가 서서히 진정되기 시작했다.

　유일랑이 처음 순마기를 드러내며 유신운에게 깨달음을 주었을 때, 광라흡원진공으로 흡수한 미량의 순마기가 유신운의 체내에 잠들어 있었던 것이다.

　스아아! 콰아아!

고집불통 같던 순마기가 천천히 동화선기의 인도에 따라 무거운 몸을 움직였다.

'……됐다!'

유신운이 속으로 쾌재를 부르며 복종시키는 데 성공한 순마기를 심후와 담푸에게 전달해 주었다.

그러자 그 순간.

콰아아아! 쿠아아아!

두 스켈레톤에게서 거대한 기운의 폭발과 함께 거대한 변화가 시작되었다.

[히든 조건을 만족하여 소환수, 화경 스켈레톤 '심후'의 격이 상승하였습니다.]

[소환수가 진화를 시작합니다.]

[히든 조건을 만족하여 소환수, 현경 스켈레톤 '담푸'의 격이 상승하였습니다.]

[소환수가 진화를 시작합니다.]

'……저건!'

유신운이 순백의 공간에서 칠흑의 광채를 내뿜는 두 스켈레톤을 보고 경악한 반응을 쏟아 냈다.

두 스켈레톤의 뼈의 색깔이 유일랑과 같은 칠흑의 빛으로 변화하고 있었다.

갑작스레 자신에 대한 공격이 멈추자, 두 팔로 얼굴을 감싸 쥐고 방어하고 있던 에이션트 트롤이 슬며시 상황을 확인했다.

─……그, 그으으?

하지만 놈은 한눈에 보아도 범상치 않은 변화가 완성된 두 스켈레톤을 바라보며 저도 모르게 신음을 흘리고 말았다.

그런 찰나, 유신운의 눈앞에 시스템 메시지가 떠올랐다.

[소환수, 화경 스켈레톤 '심후'의 진화가 완료되었습니다.]
[소환수의 상태가 화경 스켈레톤 '심후/흑골화(黑骨化)'로 변경되었습니다.]
[소환수, 현경 스켈레톤 '담풍'의 진화가 완료되었습니다.]
[소환수의 상태가 현경 스켈레톤 '담풍/흑골화(黑骨化)'로 변경되었습니다.]

'흑골화 스켈레톤이라.'

순마기가 흡수되며 격이 상승한 두 스켈레톤의 이름 옆에 새로운 명칭이 붙어 있었다.

유일랑이 발산하는 압도적 기운에는 미치지 못하지만 고요하게 일렁이는 그들의 기운에서는 분명 일반 스켈레톤과는 비교도 되지 않는 강함이 느껴지고 있었다.

마공의 특성상 항시 거칠고 포악하게 날뛰는 마기가 저리 차분하고 안정되게 흐르는 모습이라니.

격이 상승하였다는 메시지의 내용이 거짓이 아니었다.

순간, 자신의 명령을 기다리고 있는 두 스켈레톤의 모습을 바라보던 유신운의 눈에 이채가 떠올랐다.

'자, 그럼 과연 변한 것이 색뿐인지 아닌지 한번 확인해 볼까.'

"심후, 담풍. 적을 처치해라."

그렇게 유신운에게서 전투를 재개하라는 의지가 표출된 순간.

파아앗! 파밧!

두 스켈레톤이 기다렸다는 듯이 신법을 발휘하며 다시금 적에게 달려 나갔다.

후아아!

쐐애액!

한계를 초월한 두 존재의 움직임에 바람이 비명을 질러 댔다.

하지만 정작 그들의 모습은 트롤의 눈에 작은 흔적조차 보이지 않았다.

-그아아!

에이션트 트롤은 공포에 사로잡혀 온 힘을 담아 양 주먹을 무차별적으로 휘둘렀다.

그러나 녀석이 뻗어 낸 궤적 어디에도 두 스켈레톤은 자리하고 있지 않았다.

푸욱!

-크어어!

그때, 느닷없이 트롤의 가슴을 뚫고 검날이 튀어나왔다.

순식간에 뒤를 잡은 담풍이 쾌속하게 검을 꽂아 넣은 것이었다.

에이션트 트롤은 거대한 손으로 검을 붙잡았다.

아귀힘으로 그대로 날을 두 동강 내 부러뜨릴 생각이었다.

-그, 그으?

하지만 아무리 힘을 주어도 담풍의 검은 미동조차 하지 않았다.

우우웅! 위잉!

순간 귀가 멀 것 같은 시끄러운 공명음이 울려 퍼졌다.

트롤의 본능이 생명의 위험을 알리고 있었다.

-끄륵!

에이션트 트롤이 갑자기 입에서 한 움큼의 검은 핏물을 토해 냈다.

'저건!'

그때, 녀석의 흉부를 뚫어 낸 검을 바라보고 있던 유신운의 눈에 놀란 빛이 떠올랐다.

퍼어억!

콰아아!

소름 돋는 소리와 함께 트롤의 흉부가 폭발했다.

─……!

창졸간에 가슴에 커다란 바람구멍이 생긴 에이션트 트롤은 상상을 초월한 고통에 신음조차 내지 못했다.

내장과 살점이 산산 조각난 채 지면에 와르르 쏟아져 내렸다.

쿠궁! 쿠우웅!

에이션트 트롤이 두 무릎을 바닥에 꿇자 이윽고 담풍은 검을 회수했다.

우우웅! 위이잉!

일련의 동작을 마친 담풍의 검에서 예의 공명음이 울려 퍼졌다.

순마기로 이루어진 칠흑의 검환들이 검신을 타고 엄청난 속도로 회전하고 있었다.

몸속을 파고든 검환들이 내부에서 고속으로 회전하며 진탕으로 만들고 끝내 저런 파괴적인 결과를 만들어 낸 것이다.

그런데 유신운을 더욱 놀라게 한 것은 검환의 크기였다.

'놀랍군! 검환의 크기를 극한까지 줄인 건가!'

그랬다. 검환의 크기가 극한까지 압축되어 있었다.

무공에 문외한인 이가 본다면, 검날 위로 반딧불이들이 날아다니는 것으로 착각할 정도였다.

하지만 크기가 줄었다고 위력까지 줄어든 것은 아니었다.

그것들 하나하나가 일반적인 검환보다 훨씬 강대한 파괴력을 지니고 있었다.

'소검환(小劍環)이라 이름 붙이면 되려나. 이건 나도 적절히 사용할 수 있겠군.'

유신운이 두 눈에 이채를 띠며 녀석이 새로운 창조해 낸 기술을 재빨리 훔쳐 내었다.

─그어! 그어어!

유신운이 그렇게 여유를 즐기고 있을 때, 에이션트 트롤은 당혹감을 숨기지 못하고 허둥지둥하고 있었다.

그렇게 당황할 만도 했다.

아무리 시간이 지나도 가슴이 뚫린 상처가 전혀 회복되지 않고 있었으니까.

상대방의 기혈에 파고들어 다른 기운들을 모조리 집어삼키는 순마기의 특성이 여지없이 발휘되고 있었던 탓이다.

순식간에 에이션트 트롤의 전신 곳곳에 암세포처럼 퍼진 순마기는 놈의 오염된 마나를 모조리 먹어 치우고 있었다.

결국 녀석의 재생력은 오염된 마나를 기반으로 발휘되는 힘.

본질적인 힘이 훼손되니 당연히 재생력이 발현되지 않는 것이었다.

그렇게 에이션트 트롤이 어찌할 바를 모르던 찰나.

쐐애애액!

촤아아!

다시금 에이션트 트롤의 귓전에 불길하기 그지없는 소음이 울려 퍼졌다.

놈은 소리가 들려오는 방향으로 제 머리를 들어 올렸다.

─……!

허공을 올려다본 놈의 눈동자에 경악이 가득 찼다.

시야를 깜깜히 뒤덮는 칠흑의 빛무리가 자신을 향해 내리꽂히고 있었다.

그 거대한 빛무리의 정체는 다름 아닌 심후가 펼친 창강이었다.

담풍이 검환을 극소화하였다면, 심후는 창강의 크기를 극대화했던 것이다.

흡사 하늘의 신장(神將)이 지상의 죄인에게 휘두르는 듯한 거대한 참격이 녀석에게 쏟아졌다.

트롤은 다급히 가슴의 구멍을 막고 있던 양팔을 들어 올렸지만.

촤아악! 서거걱!

소름 끼치는 절삭음 만이 울려 퍼질 뿐이었다.

쿠우웅! 쿠궁!

지축이 흔들리는 소리와 함께 트롤의 거대한 육신이 그대로 반으로 쪼개졌다.

'끝났군.'

유신운은 눈도 감지 못하고 죽음을 맞이한 녀석의 사체를 차가운 시선으로 바라보다가, 이내 천천히 다가갔다.

스윽.

유신운은 사체에 손을 뻗었다.

스아아.

그의 전신에서 음의 마나가 휘몰아치기 시작했다.

그런데 몬스터로 변형된 자의 사체에는 리바이브를 사용할 수밖에 없건만, 무슨 이유에선가 유신운은 다른 스킬을 시전하고 있었다.

"원령화원(怨靈花園)."

시전어가 끝남과 동시에 유신운의 손에서 떠난 신묘한 빛을 띤 기운이 에이션트 트롤의 사체를 감싸 안았다.

화아아!

두 동강이 난 사체를 품은 기운은 몸집을 부풀리다가 이내 거대한 꽃봉오리의 형상이 되었다.

'에이션트 트롤의 재생력은 오염된 마나가 깃든 혈액에 기반을 둔다. 그 말인즉 스켈레톤으로 부활하면 재생력은 사라진다는 뜻. 가장 중요한 능력이 삭제된다면 그냥 화경급 스켈레톤으로 얻는 것이 나아.'

그 순간, 원령화원의 꽃봉오리가 활짝 열리며 꽃을 피워 냈다.

놀랍게도 에이션트 트롤이 몬스터의 모습에서 본래의 인

간 위무영의 모습으로 돌아와 있었다.

본래 원령화원 스킬은 사령술사들이 던전이나 전장터에서 처참히 죽은 동료들의 시신을 온전한 모습으로 되돌리는 데 사용하는 스킬이었다.

한데 유신운은 이곳에서 새로운 활용법을 발견하였다.

그게 바로 몬스터화가 끝난 사체를 본래의 모습으로 되돌리는 것이었다.

이렇게 원령화원을 사용하여 사체가 본래의 모습으로 돌아오면, 몬스터로 리바이브 하는 것이 아닌 스켈레톤으로도 소환할 수 있게 되었다.

"레이즈 스켈레톤."

이어진 유신운의 명령에 따라 위무영이 백골의 모습으로 자리에서 덜거덕거리며 일어났다.

녀석은 노예의 모습으로 깨어나자마자 기억을 잃고 유신운을 향해 한쪽 무릎을 꿇으며 충성을 맹세했다.

'이놈의 원념 따위를 풀어 주지 않아도 되니 천만다행이군.'

화경에 달한 무인임에도 녀석은 원념을 해결하여 주지 않아도 그에게 충성을 맹세했다.

이유는 간단했다.

사령술의 랭크가 SS+의 경지에 오르며 얻은 새로운 특성으로, 전투를 통해 처치한 이는 원념을 해결하여 주지 않아도 절대복종이 가능해졌기 때문이다.

파아앗! 스아아!

'으응?'

한데 그때였다.

소환 해제 명령을 내리지 않았는데도 담풍과 심후가 갑자기 역소환되었다.

유신운이 고개를 갸웃하던 찰나, 새로운 시스템 메시지가 떠올랐다.

['흑골화 스켈레톤'의 소환 유지에 사용되는 기운이 모두 소모되었습니다.]

['흑골화 스켈레톤'의 소환 유지를 위해 해당 기운의 충전이 필요합니다.]

일반 스켈레톤의 유지에 음의 마나와 내기가 필요한 것처럼, 흑골화 스켈레톤의 유지에는 순마기가 필수적인 것 같았다.

'흐음, 반각도 안 지난 것 같은데.'

다만 아쉬운 점은 순마기의 소모 속도가 너무 빠르다는 것이었다.

'……이거 표국으로 돌아가는 대로 영감님과 이야기를 해 봐야겠군.'

그동안은 감당할 수 없기에 말을 꺼내지도 않았다.

하지만 이제는 상황이 달라졌다.

그는 순마기의 근원이 되는 내공심법을 유일랑에게 가르쳐 달라 요청할 생각이었다.

순마기라는 새로운 힘을 배울 생각에 그의 심장이 크게 박동하였다.

'하지만 일단은 이곳 상황을 마무리하는 게 우선이겠지.'

스아아. 촤아아.

유신운은 그 생각과 함께 자리하고 있던 공간의 진법을 해제시켰다.

순식간에 주변의 환경이 산중의 모습으로 변화하였다.

"빌어먹을! 이놈은 대체 어디에 있는 거야!"

"똑같이 진법에서 벗어나지 못한 것은 분명해! 샅샅이 살피라고!"

마침, 주변을 수색하며 위무영을 찾고 있는 낭인들과 사파 무인들의 목소리가 들려왔다.

'자, 그럼 얼마나 더 난장판으로 만들어 주면 되려나.'

그들을 바라보며 유신운이 사악하기 그지없는 미소를 머금고 있었다.

같은 시각.

귀면랑의 진법에서 벗어난 무림맹의 네 장로는 무사히 본

대와 합류하여 있었다.

안위를 걱정하던 제자들이 모두 무사했음에도 그들의 표정은 어둡기 그지없었다.

무림맹에 드리운 암운을 알아차린 순간이었으니, 평점심을 유지하기 쉽지 않은 탓이었다.

─……우리는 대체 어찌 행동해야 할까요?

─아미타불. 일단은 악도들에게 우리가 알고 있음이 알려져서는 안 됩니다.

─하지만 이대로 지켜만 보고 있는 것은…….

─선사의 말이 맞습니다. 아직 내부의 적이 그들이 전부인지조차 확실치 않으니까요.

그들은 겉으로는 침묵을 지키는 가운데, 저들끼리는 바쁘게 전음으로 대화를 나누고 있었다.

하지만 아무리 논의를 해도 지금 당장은 평상시의 모습을 연기하며, 적들에게 들키지 않도록 유의하자는 말밖에 할 수 없었다.

그런 찰나, 그들에게 한 사람이 다가왔다.

"흐음, 네 분 전부 표정이 좋지 않으시군요."

다름 아닌 황보세가의 가주인 황보준이었다.

그는 걱정 어린 눈빛을 하며 그들에게 슬며시 말을 건넸다.

"혹여 진법 안에서 무슨 일이 있으셨던 것인지요?"

그의 곁에 있던 팽 가주의 동생인 팽부경 또한 한마디를 덧붙였다.

"……아닙니다. 그저 이곳의 사이한 진법 때문에 놀랐을 뿐입니다."

남궁백이 조심스레 말을 꺼내던 그때였다.

우우웅! 스아아!

거대한 진동음과 함께 그들이 바라보는 주변의 환경이 전부 뒤흔들리고 있었다.

'이건!'

진법에서 이런 기현상이 발현되는 것은 한가지 이유뿐이었다.

산중에 깔린 신투의 진법이 해제되고 있었다.

파아앗!

황홀한 빛줄기가 터져 나온 후.

'이, 이런!'

'저들은!'

눈앞을 가로막던 안개가 사라지고, 산중에 흩어져 있던 수많은 무인이 한자리에 모였음을 깨달았다.

"여기는 어디야?"

"헉! 이자들은!"

낭인들과 사파인들의 눈앞에 신투의 보고로 들어가는 입구와 귀매쌍노의 시체가 펼쳐져 있었다.

5장

요사스러운 일에 당황했던 이들은 금세 이성을 되찾았다.

신투의 보고를 발견하고 피어오른 탐욕이 사술에 당한 공포를 압도한 것이다.

그런 가운데 남궁백은 이세천에 의해 목이 잘린 추준경의 시신을 찾았다.

하지만 안타깝게도 그의 시체는 이세천의 수하들이 화골산을 뿌려 처리해 놓은 듯했다.

순간, 수많은 이들이 서로의 눈치를 살피며 슬금슬금 입구를 향해 걸음을 옮겼다.

그들은 마음이 급했다.

'빨리 서둘러야 해!'

'분명히 다른 놈이 먼저 들어갔다!'

엄청난 악명을 지닌 두 명의 고수가 저리 처참한 시신이 되었다는 것은 이들을 해치운 누군가가 보고의 안쪽에 들어갔다는 의미이기 때문이다.

"에잇!"

서로가 눈치를 살피던 와중에 사파인 중 하나가 보고의 입구를 향해 몸을 날렸다.

쐐애액!

파악!

그 순간, 파공성을 내며 날아든 서슬 퍼런 검 한 자루가 그의 발치에 꽂혔다.

사파인이 흐억 하는 신음을 흘리며 엉덩방아를 찧었다.

심후한 내공이 담긴 검은 땅속 깊이 박혀 있었다.

보고의 입구로 달려들던 모든 이들이 걸음을 멈추고 검이 날아온 쪽에 시선을 돌렸다.

"흥! 황금에 눈이 멀었구나! 사파의 이리 놈들이 감히 어딜 들어가려는 게냐!"

검을 투척한 것은 다름 아닌 아미파의 멸절사태였다.

채채챙!

그녀의 일갈과 함께 아미파와 공동파의 제자들이 동시에 검을 출수하였다.

'내부에는 이세천이 있다. 저 잡것들을 들여보낼 수는 없

어.'

멸절사태와 천강진인은 보고의 내부에 이미 이세천과 황룡위가 진입하여 있다는 것을 알고 있기에, 다른 자들을 들여보낼 수 없었다.

두 장로와 제자들의 흉험한 기세에 겁을 먹은 듯하던 그들은 이내 자신들이 수적으로 우위에 있다는 것을 깨닫고는 목소리를 높였다.

"무림맹이 대관절 무슨 자격으로 보고의 출입을 막는 거요!"

"그건……!"

상대가 오히려 당당하게 따져오자 멸절사태도 멈칫하며 말을 제대로 꺼내지 못했다.

사실 그녀의 행사는 명분이 없었다.

신투의 보고가 맹의 소유도 아닌데, 다른 이들의 출입을 막을 권한 따위는 애초에 존재하지 않았기 때문이다.

그 사실을 알기에 멸절사태는 도리어 뻔뻔한 태도를 취하며 적들에게 소리를 내질렀다.

"닥쳐라! 승냥이 같은 너희 사파 놈들이 신투의 보물을 얻으면 무슨 악행을 벌일지 눈에 훤하니 막지 않을 수 없는 것이다!"

"뭣이 어째!"

"쳐 죽일 비구니 년이!"

면전에서 모욕을 당하자 수많은 사파인이 살기를 내뿜었다.

당장 전투가 벌어져도 이상하지 않은 일촉즉발의 상황이 펼쳐졌다.

한데 그 긴장된 상황 속에서 무림맹의 무인들은 의아해하고 있었다.

평상시 같았다면 진즉 중재하고도 남았을 육망선사와 현학 도장이 무슨 이유에선가 침묵을 지키고 있었기 때문이다.

"다른 장로들은 이 사태를 보고만 있을 작정이십니까!"

그리고 뒤늦게 멸절사태도 그 사실을 깨닫고 미간을 찌푸리며 소리쳤다.

황보준과 팽부경이 눈치를 살피며 슬며시 가문의 무인들을 움직이려던 그때.

쿠웅!

"맹의 제자들은 모두 물러나라!"

거대한 소음과 함께 뒤편에서 심후한 내공이 담긴 사자후가 터져 나왔다. 녹옥불장을 바닥에 내리찍으며 육망선사가 한 발 앞으로 나선 것이다.

"……선사?"

멸절사태는 당황한 표정을 숨기지 못하고 있었다.

하지만 육망선사는 그런 그녀를 조금도 신경 쓰지 않고, 차분하지만 범접할 수 없는 힘이 느껴지는 목소리로 말을 이어 가기 시작했다.

"아미파의 장문인은 물러나시오. 보고의 출입에 관련한 일은 맹이 일절 관여치 않을 것이오."

"그게 무슨……!"

"우리는 오로지 양민의 안전을 위해 이곳에 왔을 뿐, 보물을 얻거나 지키고자 온 것이 아니기 때문이외다."

"……!"

생각지 않은 육망선사의 말에 그녀는 할 말을 잃어버렸다.

하지만 선사의 명령에 불복하고 개인 행동을 벌일 수는 없었다.

맹에서 섬서로 보낸 지원단의 총책임자는 육망선사였기 때문이다.

"제자들은 모두 선사의 명을 따르라!"

"예!"

뒤이어 현학 도장과 남궁백이 수하들에게 명을 하달했고, 장유를 포함한 혈교의 비사를 모르는 다른 장로들은 의아해하면서도 일단 행동을 같이했다.

'이게 무슨 개 같은!'

'……저 중놈이 왜 갑자기?'

일련의 사태에 멸절사태와 천강진인은 끓어오르는 속을 꾹 참으며 어쩔 수 없이 한발 물러날 수밖에 없었다.

보물을 위해 일전을 감수할 생각하고 있던 사파인들과 낭인들의 눈에 이채가 떠올랐다.

"가자!"

"보물을 회수할 것이다!"

방해꾼들이 사라지자 그들은 함성을 내지르며 신투의 보고 안으로 물밀 듯이 모두 밀려 들어갔다.

그 많던 무인이 모두 안쪽으로 진입하자, 주변에는 오로지 무림맹의 일원들만이 남아 있었다.

장내는 어색한 침묵이 내려앉았다.

"혹여 저 사파의 무리 중 하나가 보물을 얻어 세상을 어지럽힌다면, 그것은 분명 금일 선사가 행한 실수 때문일 것입니다."

"사태! 말씀이 심하십니다!"

멸절사태가 육망선사를 사납게 노려보며 말을 내뱉었다.

하지만 육망선사는 그에 아무런 대답도 하지 않았다. 그저 조용히 눈을 감고 염주를 굴리며 불호를 되뇌일 뿐이었다.

한데 그렇게 이각이라는 시간이 훌쩍 지났을 무렵이었다.

쿠구구! 두두두두!

"……?"

"……이건?"

느닷없이 모두의 귓전을 울리는 거대한 소음과 함께 지축이 흔들리는 엄청난 진동이 느껴졌다.

순간 그들은 지진을 의심했지만, 지진과는 무언가가 분명히 달랐다.

모두가 대체 이건 또 무슨 일인지 눈을 끔뻑이고만 있던 찰나.

"으아아아!"

보고로 향하는 구멍 안쪽에서 끔찍한 비명이 메아리처럼 연이어 울려 퍼지기 시작했다.

'……설마?'

불현듯 떠오르는 불길한 예감에 멸절사태와 천강진인의 눈동자가 바람 앞의 촛불처럼 흔들리던 그때.

콰아앙! 콰아아아앙!

아니나 다를까 구멍 속에서 선명한 폭음이 터져 나왔다.

"허억!"

"저, 저기!"

무언가를 확인한 맹의 무사들의 눈이 화등잔처럼 커져 있었다.

콰가가가! 쿠르르르!

무사들이 저도 모르게 손가락으로 가리킨 곳의 땅이 천천히 아래로 푹푹 꺼지며 차례로 내려앉고 있었다.

지켜보던 이들의 낯빛이 하얗게 질렸다. 저 모습이 의미하는 것은 하나였다.

신투의 보고가 함몰되고 있었다.

끔찍하기 그지없는 참극에 무사들이 할 말을 잃었다.

"비켜라! 비켜!"

"으아아!"

"사, 살려 줘!"

순간 진입하였던 사파인들과 낭인들이 미친 듯이 도망쳐 나오기 시작하였다.

흙먼지로 엉망이 된 그들은 폭발과 함몰에 휩쓸리며 생긴 상처에서 피를 흘리고 있었다.

"맹의 제자들은 모두 다친 이들을 살펴라!"

육망선사의 명령으로 무림맹의 무인들이 환자들을 치료하기 시작했다.

순식간에 사방에서 곡소리가 울려 퍼졌다.

콰아아앙! 쿠구구구!

지금까지 중 가장 커다란 폭음과 함께 보고의 입구까지 무너져 내렸다.

파바밧! 타닷!

한데 그런 찰나, 마지막 생존자 무리가 가까스로 입구를 빠져 나왔다.

"뭐, 뭐야?"

"저들이 왜?"

가장 마지막에 빠져나온 일단의 무리를 확인하고는 모든 이들이 경악한 반응을 보였다.

"……이공자?"

"……황룡위가 왜 저곳에서?"

무림맹의 무사들이 사뭇 당황한 목소리로 뇌까렸다.

'이, 이놈들이 왜 죄다 이곳에?'

엉망진창이 된 몰골의 이세천이 거친 숨을 고르다가, 이내 자신에게 집중된 시선을 확인하고는 당혹했다.

이세천은 아무런 말도 하지 않았지만, 상황을 지켜보던 무림맹의 인원들과 생존자들은 이것이 어찌 된 일인지 단번에 짐작할 수 있었다.

'저놈들 동료들조차 속이고 보고의 내부로 먼저 들어갔던 거야!'

'저 개자식들이 보고 안에서 무언가를 잘못 건드려서 이 사단이 벌어졌구나!'

가장 늦게 나왔다는 것은 그만큼 가장 깊숙이 있었다는 뜻.

그들은 보고가 무너져 내린 이유가 이세천이 보고의 심층부에서 무언가를 잘못 건드렸기 때문이라고 결론지었다.

그것을 깨닫자 사파인들과 낭인들의 마음속에 형용할 수 없는 분노와 살기가 차올랐다.

보고의 폭발로 인해 보물은커녕 깊은 상처와 사상자만을 얻었기 때문이다.

'이세천! 네놈이 행한 짓거리를 내 절대 잊지 않으리라!'

'기필코 복수하겠다!'

살기 어린 시선이 이세천을 향했다.

　그렇게 이세천은 저도 모르게 수많은 원한을 새기고 말았고.

　'하아, 정파인으로서 어찌 저런 행동을······.'

　'종적을 감춘 삼공자에 이어 이공자까지······. 맹주님의 제자들이 이런 짓을 벌일지 생각조차 못 했구나.'

　수많은 무림맹의 무인들로부터도 인망과 신뢰를 잃어버렸다.

　곧이어 환자들의 조치가 끝이 나자 육망선사가 다시금 입을 열었다.

　"맹은 하산하여 본단으로 복귀한다."

　육망선사의 명이 떨어지자 제자들이 굳은 얼굴로 대열을 갖추기 시작했다.

　그리고 육망선사가 이세천을 바라보며 말을 꺼냈다.

　"······그대들은 바로 출발을 할 수 있는 상황이 아니니, 금일은 마을로 내려가 휴식을 마치고 동이 트면 맹으로 복귀하시오."

　이런 상황에서는 최대한 말을 아끼는 것이 최선이었다.

　이세천은 묵묵히 고개를 끄덕였다.

　무림맹의 무인들이 무거운 발걸음을 옮기기 시작한 가운데. 개방의 장유가 쯧쯧 혀를 차며 이세천의 곁을 지나쳤다.

　"쯧, 맹주가 제자 농사에는 영 소질이 없군."

'저 망할 늙은이가!'

이세천은 끓어오르는 살심을 겨우 참아 내고는 황룡위를 이끌고, 무림맹의 인원과는 다른 산길을 따라 내려가기 시작했다.

순식간에 상당한 거리를 주파한 이세천은 흉험하기 짝이 없는 기운을 쏟아 내었다.

여태껏 한 번도 겪어 보지 못한 수모에 그는 격한 분노가 차오르고 있었다.

그때, 이세천이 황룡위 중 하나에게 말을 꺼냈다.

"넌 저놈들보다 빠르게 낙양으로 가 맹주님께 위무영과 담풍이 우리를 배신했다고 알리거라."

"존명!"

명이 떨어지자마자 수하의 모습이 사라졌다.

그러자 이세천은 마을로 향하던 발길을 다른 곳으로 돌렸다.

"우리는 배신자들에게 응분의 대가를 치르게 하고 돌아갈 것이다."

그 길은 종남산으로 향하고 있었다.

본디 종남산은 밤에 오르면 한 치 앞도 볼 수 없을 정도로 깜깜하였다.

한데 이상하게도 오늘만은 그 말이 해당이 되지 않았다.

산중의 곳곳이 대낮처럼 환하였다.

이유는 간단했다.

횃불을 든 수많은 무인들이 종남산을 오르고 있었기 때문이다.

그들의 정체는 무림맹주의 제자들이 허탕을 쳤다는 것은, 종남파가 신투의 보물을 얻었기 때문이라고 생각한 수많은 사파인들과 낭인들이었다.

평상시라면 그들은 종남산의 험준하고 복잡한 산길을 뚫지 못하고 돌아갔겠지만.

유신운이 미리 그들의 길잡이로 보낸 변장한 한왕호로 인해 그들은 너무도 빠르게 종남파로 향하고 있었다.

유신운이 유의태의 모습일 때, 등에 업혀 가며 머릿속에 새겨 넣었던 종남산의 숨겨진 산길을 한왕호에게 알려 주었기 때문이다.

그렇게 잠시 후.

그들은 고대하던 종남파에 도착하였지만.

"허억!"

"이, 이게 무슨!"

그들이 발견한 것은 전혀 다른 모습이었다.

불에 타서 이미 재가 되어 버린 수많은 전각과 처참하게 찢어 발겨진 채 널브러져 있는 종남파 무인들의 시신이었다.

그들보다 앞서 도착한 이세천과 황룡위에 의해 종남파는

단 한 명의 생존자도 없이 멸문되었던 것이다.

그렇게 유신운이 이이제이(以夷制夷)의 전법으로 또 한 번 구파일방의 간자를 철저히 무너뜨린 순간이었다.

며칠이란 시간이 흐른 후.

유신운은 어느새 백운세가에 도착해 있었다.

몇몇 사람을 제외하고는 세가의 식솔들은 유신운이 장원을 빠져나간 사실도 몰랐기에, 복귀하였다고 소동 따위는 일어나지 않았다.

그는 요양을 핑계로 굳게 닫혀 있는 자신의 방에 누워 간만의 휴식을 취하고 있었다.

자신이 떠난 이후에도 매일같이 왕삼이 청소를 해 주었는지, 그의 방 안은 떠날 때와 마찬가지로 먼지 하나 없이 정갈하기 그지없었다.

침상에 누워 있는 유신운의 눈꺼풀이 자꾸만 감겨 왔다.

그동안 의원 행세를 하랴, 용을 때려잡으랴, 던전을 창조하랴.

예상에 없었던 수많은 일을 수행하며 피로가 누적되어 있었던 것이다.

하지만 그가 잠에 들려던 찰나.

─주군.

그의 귓전에 누군가의 목소리가 울려 퍼졌다.

귀에 익은 목소리였다.

'그래, 아직 편히 쉴 때가 아니지.'

유신운이 몸을 일으켜 침상에 걸터앉았다.

그런 그의 눈앞에 기척도 없이 나타난 반요 여득구가 한쪽 무릎을 꿇은 채 고개를 숙이고 있었다.

유신운의 시선을 느꼈는지, 여득구가 다시금 입을 열었다.

"소신, 주군의 명을 끝마치고 돌아왔습니다."

'……벌써?'

여득구의 말에 유신운의 눈에 이채가 떠올랐다.

그가 여득구의 폭주를 제압하고 수하로 영입하며 내린 명은 이토록 빨리 해결할 수 있는 수준의 문제가 아니었기 때문이다.

그러던 그때, 여득구가 확실하게 의심을 없앴다.

"살문은 온전히 저의 수중에 떨어졌습니다. 이제 살문은 주군의 것입니다."

그랬다. 그가 여득구에게 내린 명은 살문을 장악하라는 것이었다.

주박을 걸어 놓았던 살문주를 처치하는 일은 어렵지 않을 것이라 생각했지만, 남은 살수들을 포섭하는 일 또한 이렇게 빨리 끝날 줄 예상치 못했다.

"수고했다. 이렇게나 빨리 일을 마치다니, 그간 고생이 많았겠군."

"아닙니다. 제 고생이 많았다고 한들, 주군이 섬서에서 행하신 일들에 비하겠습니까. 저는 그저 위대하신 주군의 발끝을 쫓아가고자……."

그의 위대함에 대해 일장 연설을 할 기세인 녀석의 말을 유신운이 단칼에 잘랐다.

"됐다. 어울리지 않게 웬 극존칭이냐. 집어치워라."

그러자 여득구가 숙이고 있던 고개를 슬며시 들어 올렸다.

장난기가 다분한 여득구 특유의 표정이 드러났다.

"헤헤, 그럼 예전처럼 편하게 할까요?"

"그래."

"호칭도 예전처럼 해도 될까요?"

"맘대로 해라."

"넵, 형님!"

유신운의 말에 여득구가 환한 미소와 함께 대답했다.

형님이라 부를 수 있게 됐다고 더없이 행복해하는 여득구의 천진난만한 표정을 보니, 유신운은 저 녀석이 정녕 자신을 죽이려 이빨과 발톱을 들이댔던 괴물이 맞는지 잠시 헷갈렸다.

하지만 그것도 잠시, 곧이어 살문이라는 중원 최고의 살수 단체를 손에 넣었다는 사실이 그의 마음을 들뜨게 했다.

"이제 살문은 외부의 의뢰를 일절 받지 않는다. 오로지 나의 명만을 따르게 될 것이다."

"물론입니다, 형님!"

유신운은 첫 번째 명령으로 살문이 의뢰를 받는 것을 막아 버렸다.

살수 단체가 살행을 행하지 않는다면, 의뢰비가 들어올 구석이 전혀 없어지는 것이지만.

유신운에게 돈이야 이미 넘칠 정도로 많았고, 살수들이 원하는 무공도 산을 쌓을 수 있을 만큼 많았다.

그때, 유신운이 두 명의 이름이 적힌 쪽지를 여득구에게 건네며 말을 꺼냈다.

"너를 제외한 살문의 모든 살수들은 이 녀석을 감시하도록 하고, 너는 이자를 감시하면 된다. 그들의 일거수일투족을 모두 정리해서 매일 보고하도록."

"넵! 그럼 바로 나가 보겠습니다!"

명을 받은 여득구는 정중히 예를 갖춘 후, 나타났던 것과 마찬가지로 홀연히 사라졌다.

다시금 방 안이 정적으로 가라앉았지만 유신운은 침상에 몸을 누이지 않았다.

"후우. 잠이 다 깨 버렸군."

어느새 잠은 다 달아나 있었다.

그는 뼈 소리를 내며 몸을 풀더니, 이내 몸을 일으켜 방 한

가운데에 우두커니 섰다.

그런 그의 전신에서 음의 마나가 서서히 흘러나오고 있었다.

유신운은 여유롭게 마진법을 펼쳤다.

스아아. 촤아아.

곧이어 그의 방이 외부와 단절되며 전혀 새로운 공간으로 뒤바뀌기 시작했다.

주변의 모든 것이 사라지고 곧 백색만이 남았다.

위무영과 싸웠던 공간과 동일했다.

'수련이나 마저 해야겠군.'

이 진법은 본래 훈련 목적으로 만든 진법이었다.

이 공간 속에서는 유신운이 아무리 전력으로 스킬을 시전하더라도, 외부에 어떠한 소음이나 충격이 전해지지 않기 때문이다.

방해하는 모든 것이 사라진 것을 확인한 유신운 눈에 이채를 띠었다.

'자, 우선 동화선결부터 확인해 볼까.'

"정보 확인, 동화선결 신운류."

유신운이 말을 꺼내자 곧바로 눈앞에 시스템 창이 떠올랐다.

[동화선결(東華仙訣)/신운류(晨雲流)]

등급 : 조화경(造化境)

성취 : 9성

속성 : 도가

동화제군(東華帝君)이 만물의 조화에 중점을 두고 만든 무공.

그 어떤 기운도 아우를 수 있고, 그 어떤 기운도 품어낼 수 있는 공능을 지니고 있다.

후계자 유신운의 깨달음이 더해져 완전히 새로운 무공으로 완성이 되었다.

-공능, 만기포용(萬氣包容) : 어떠한 사이한 기운이라도 품어낼 수 있다.

-공능, 정화(淨化) : 어떠한 사이한 기운도 정화시킬 수 있다.

-공능, 합일(合一) : 체내의 어떠한 기운도 하나의 힘으로 합쳐 낼 수 있다.

(무공의 성취도에 따라 공능의 성능 또한 달라집니다.)

동화선결의 후반부를 얻은 결과로 이룩한 성과는 놀라웠다.

일단 등급부터가 현경 다음의 경지인 '조화경'에 도달하여 있었다.

다시 보아도 유신운은 가슴이 뛰는 것을 느꼈다.

한데 그럴 만도 했다.

그토록 고민하던 현경 다음의 경지에 대한 단서를 찾은 것이었으니까.

설명에도 많은 변화가 있었다. 일단 무공을 만든 인물이 전진파의 시조인 동화제군으로 바뀌어 있었으며, 유신운의 존재가 '후계자'로 변화가 되어 있었다.

그는 자신도 모르는 사이 전진파의 후계자로 인정을 받게 된 것이다.

그러나 지금 유신운의 이목을 집중시키는 것은 그 둘 모두가 아니었다.

'새로운 공능!'

그건 바로 만기포용, 정화에 이어 새롭게 생겨난 '합일'이었다.

합일은 체내의 어떠한 기운도 하나로 합쳐 낼 수 있는 힘이었다.

그리고 그 말인즉.

"……이름 모를 존재의 도움으로 잠시 얻어 냈던 '그 힘'을 온전히 나의 힘으로 빚어 낼 수 있다는 뜻이지."

발록과 싸웠을 때 내기, 자연력, 음의 마나가 하나로 합쳐졌다. 그리고 잠시나마 얻었던 그 힘으로 발록을 가볍게 압도하였다.

유신운은 본능적으로 이 힘만이 훗날 혈교주를 물리칠 유일한 무기가 될 것임을 알아차렸다.

"후우."

순간, 유신운이 깊이 숨을 들이마셨다.

천천히 호흡을 가다듬으며 온몸의 각기 다른 곳에 흩어져 있는 기운들을 동시에 끌어 올렸다.

스아아아! 촤아아!

내기, 마기, 자연력, 음의 마나가 유신운의 몸에서 휘몰아치기 시작했다.

콰가가가! 콰아아!

'크윽!'

유신운이 신음을 흘렸다.

역시나 기운들이 다른 기운을 거부하며 요동을 치기 시작했다. 몸 내부에서 폭풍이 몰아치는 것과 같은 고통이 들이닥쳤다.

'……버텨야 해.'

유신운이 이를 악물고 초인적인 인내력으로 고통을 참아내던 그때.

[플레이어의 신체에서 이상을 발견하였습니다.]
[조건을 만족하여 동화선결 신운류, '합일'의 공능이 자동으로 발현됩니다.]

드디어 합일의 공능이 발현되었다.

스아아! 화아아!

완전히 새롭게 변화한 동화선기가 유신운의 전신 곳곳으로 흘러들기 시작했다.

'아아!'

일순간, 유신운은 어머니의 품속에 안긴 것과 같은 포근함과 따뜻함을 느꼈다.

그리고 그것을 느낀 것은 유신운뿐만이 아니었다.

미쳐 날뛰던 기운들이 동화선기에 감싸져 평온함을 되찾고 있었다.

우우우웅!

그아아!

거짓말처럼 고통이 사라지는 동시에 기운들이 하나로 합쳐지며, 유신운의 전신에서 눈이 멀 듯한 황홀한 빛줄기가 쏟아지기 시작했다.

그렇게 모든 것이 성공적으로 진행되고 있는 듯하던 그때.

'이건?'

유신운의 눈앞에 생각지 않은 내용을 담고 있는 시스템 메시지가 떠올랐다.

[합일할 수 없는 불순한 기운이 감지되었습니다.]
[자동으로 '합일'의 과정에서 해당 기운을 배제합니다.]

합일의 과정에서 튕겨 나와 유신운의 체내에 다시금 잠이

든 기운은 다름 아닌 '마기'였다.

이전에 발록을 상대하였을 때처럼 마기를 제외한 내기, 음의 마나, 자연력만이 합일의 공능으로 하나로 합쳐지고 있었다.

유신운은 그 과정을 천천히 관조하며 자연히 한 가지 사실을 더 깨달았다.

'……평범한 마기는 불순해서 합일할 수 없다. 그렇다는 만일 순마기라면?'

불순하지 않은 마기.

머릿속에서 떠오르는 것은 유일랑의 순마기가 유일했다.

과연 순마기까지 더해 합일한다면, 어느 영역에까지 도달할 수 있을까.

'……일단 지금은 여기에 집중하자.'

하나 유신운은 그 생각은 잠시 뒤로 미루고, 세 기운을 하나로 합일하는 데에 온전히 정신을 집중하였다.

그리고 마침내.

파아아아! 콰아아아!

모든 기혈과 전신 세맥에 파도와 같은 거대한 파동이 퍼져 나가는 것을 느끼며.

유신운은 세 기운을 합일한 새로운 기운을 완성해 내는 데 성공했다.

[플레이어가 '최초 업적'을 달성하였습니다.]

[플레이어가 내기, 음의 마나, 자연력을 하나로 조합하여 최초로 새로운 힘 '조화신기(造化神氣)'를 완성하는 데 성공하였습니다.]

[현재 '조화신기'의 완성도는 1%입니다.]

[보상으로 새로운 무골 '천선지체(天仙之體)'를 획득하였습니다.]

[무골, 천선지체(SSS+)]

인간이 절대 지닐 수 없는, 오직 선인만이 지닐 수 있는 무골이다.

-모든 정공의 성취율 +300%

-모든 마공의 성취율 +300%

-오행(五行) 저항력 +98%

-요력(妖力) 저항력 +90%

-마공으로 인한 주화입마에 걸릴 확률 - 100%.

-자연력 감응도 +300%

-자연력 친화도 +400%

-항시 '천선안(天仙眼)' 활성화.

[경험치가 최대치에 도달했습니다.]

[레벨이 상승하였습니다.]

[104레벨을 달성하였습니다.]

유신운은 감고 있던 눈을 떴다.

은은한 황금빛 두 눈동자는 말로 형용할 수 없는 신비로운 기운이 담겨 있었다.

그는 가볍게 손을 움켜쥐었다가 펴 보았다.

'……정말 말도 안 되는군.'

세 힘을 하나로 융합하여 만든 새로운 힘.

'조화신기'는 지금까지 유신운이 지녔던 어떤 기운과도 비교할 수 없는 강대한 위력을 지니고 있었다.

처척.

순간 슬며시 유신운이 한 발을 뒤로 빼고 몸을 낮추며 자세를 갖추었다.

파앗!

그러곤 다음 순간, 너무도 가볍게 앞으로 정권을 뻗어 보았다.

평범하기 그지없는 그 동작은.

콰가가가! 콰아아아앙!

자연재해와 필적한 후폭풍을 몰고 왔다.

그가 정권을 뻗은 궤적으로 파멸적인 위력이 담긴 충격파가 휘몰아쳤다.

자신이 가볍게 뻗어 낸 일 권이 불러온 압도적인 권풍(拳

風)에 유신운은 놀란 표정을 숨기지 못했다.

'……이건 그저 놀랍군.'

당초 예상을 훨씬 상회하는 수준의 압도적인 파괴력이 담겨 있었기 때문이었다.

그러던 그때, 유신운의 눈앞에 시스템 메시지가 떠오르고 있었다.

[플레이어가 히든 조건을 발견하였습니다.]
[조화신기의 영향으로 플레이어의 '백보신권(百步神拳)'의 위력이 대폭 증가하였습니다.]

발록과 싸우던 때, 이름 모를 존재의 힘을 사용하였을 때와 마찬가지로 조화신기를 사용하자 그의 무공이 영향을 받고 있었다.

조화신기는 유신운의 무공을 몇 단계 위의 수준까지 격상시키고 있었다.

일부러 겉핥기식으로 배운 패승 천돌선사의 백보신권을 사용한 것이었는데, 펼쳐진 위력은 거의 8성의 성취에 달하는 정도의 파괴력이었던 것이다.

이것이 고작 1%의 완성도에서 나오는 효력이라니, 정말이지 믿기 힘들 정도였다.

이어 유신운은 잠시간 자세를 정돈하고는 이내 천천히 눈을 감았다.

그는 조용히 자신의 몸을 관조해 보았다.

'......!'

자신의 내부를 훑어본 유신운은 깜짝 놀랄 수밖에 없었다.

심장에 마나 서클만이 덩그러니 남아 있을 뿐, 음의 마나 하트와 세컨드 라이브러리가 흔적조차 없이 사라져 있었다.

'그런 거로군.'

당황을 가라앉히고 다시금 천천히 바라보자, 그는 금세 어떻게 된 일인지 알 수 있었다.

'특별한 기관이 없어도 모든 기운이 전신에서 함께 요동치고 있어. 기운을 합일시키는 과정에서 각 기운의 기관마저 하나로 합쳐질 줄이야.'

그랬다.

심장과 단전 그리고 몸 전체로 나뉘어 있던 세 기운을 다루기 위한 영역이 모두 하나로 합쳐져 있었던 것이다.

상상조차 못 한 일이었지만, 결론적으로 그에게는 너무나 좋은 일이었다.

기운들의 반발력 때문에 어쩔 수 없이 여러 곳으로 분리하여 놓은 것이었는데.

이렇게 한곳에서 이루어지게 되면, 기운의 수발이 자연스러워지고 발하는 속도가 이전과는 비교할 수 없을 정도로 빨라지게 될 것이기 때문이었다.

'잠깐 그런데 이러면……'

그런데 순간, 유신운은 한 가지 염려가 떠올랐다.

그는 곧장 자신의 손에 조화신기를 집중시켰다.

스아아.

곧이어 그의 손바닥 위에서 조화신기가 작은 구의 형체로 소용돌이쳤다.

그는 손바닥 안의 조화신기를 본래의 세 기운으로 분리하는 시도를 해 보았다.

앞으로 각각의 기운을 따로 사용해야 할 상황이 펼쳐질지도 몰랐는데, 혹시 이제는 오로지 조화신기만을 사용할 수 있는 것인지 확인을 해 보아야 했던 것이었다.

이내 유신운의 표정이 밝아졌다.

'좋아, 다행히 힘을 분리하는 것은 언제든 가능하군.'

걱정은 기우로 그쳤다.

다행이었다.

이렇게 쉽게 기운의 분리가 가능하다면, 혹여 기감이 뛰어난 적에게도 들킬 위험성은 없을 것 같았다.

'어라?'

한데 그때, 생각지 않은 메시지가 떠올랐다.

[조화신기의 힘을 분리하는 데에 성공하셨습니다.]

[새로운 깨달음을 얻어 조화신기의 완성률이 2%가 되었습

니다.]

　그의 눈에 이채가 떠올랐다.

　가벼운 실험을 한 것에 불과한데 조화신기의 완성률이 소량이나마 증가하여 있었다.

　'좋아, 역시 될 놈은 뭘 해도 된다니까.'

　이런 사소한 깨달음으로도 완성률을 높일 수 있다면, 완성률 100%에 도달하는 것을 빠르게 줄일 수 있을 것 같았다.

　'자, 그러면 한번 달려 볼까.'

　의욕이 잔뜩 상승한 유신운이 다시금 조화신기를 전신에 흩뿌리며 자세를 갖추기 시작했다.

　이어 그는 백보신권을 거두고 사파의 무공을 사용해 보았다.

　결과는 역시나 대성공이었다.

　사파의 무공들은 정파의 무공인 백보신권과 마찬가지로 조화신기의 영향을 받아 위력이 크게 증대되었다.

　"흐음."

　문제는 오로지 마공뿐이었다.

　사파 무공에 이어 진광라흡원진공을 펼친 유신운은 침음을 흘렸다.

　조화신기를 통해 펼쳤건만 진광라흡원진공은 아무런 변화도 없었다.

평상시의 위력과 정확히 똑같았다.

신중히 분석을 해 보던 유신운은 이내 결론을 내릴 수 있었다.

'……조화신기로 마공도 사용은 가능하지만, 마기가 조화신기에 섞여 있지 않은 탓인지 성능이 진화를 하지는 않는군.'

유신운은 '쩝' 하고 입맛을 다시며 아쉬운 감정을 숨기지 못했다.

새롭게 얻은 무골 천선지체로 인해 마공에 의해 주화입마에 걸릴 확률이 완벽히 사라진 순간이기도 했고.

'이제 영감님한테 순마기를 다룰 마공을 배울 참인데 말이지.'

유일랑에게 새로운 마공을 배우게 될 시점이었기 때문이었다.

하지만 그것도 잠시, 유신운은 고개를 저으며 미련을 떨쳐 버렸다.

당장 불가능한 일에 미련을 가져 보았자 어쩌겠는가.

'그래, 순마기까지 완벽하게 다루게 될 때까지 잠시 미루면 되는 일이니까.'

그렇게 정리를 한 유신운은 본격적인 실전 실험으로 넘어가기로 했다.

"레이즈 스켈레톤 커맨더. 레이즈 참수기사 듀라한."

파아아!

좌아아!

유신운은 조화신기로 사령술을 사용하였다.

조화신기는 음의 마나를 완벽히 대체하여 소환수들을 불러오기 시작했다.

조화신기의 영향으로 지면에 그려진 소환진에서 뿜어져 나오는 광채가 황금빛으로 변화하여 있었다.

[조화신기가 소환수 '스켈레톤 커맨더', '참수기사 듀라한'에 깃듭니다.]
[조화신기의 영향으로 소환수들의 격이 상승합니다.]
[모든 소환수들의 상태가 변화합니다.]

조화신기의 영향을 받아 강화되는 것은 무공뿐만이 아니었다.

소환수들 또한 변화가 감지되고 있었다.

스아아!

콰아아!

소환을 마친 스켈레톤 커맨더와 듀라한의 전신에서 소환진과 마찬가지의 황금빛의 기운이 넘실거리고 있었다.

스르릉!

채챙!

자연스레 출수한 녀석들의 검과 창에서 이전과는 비교가

되지 않는 수준의 완벽한 검사와 강기가 펼쳐지고 있었다.

'좋아, 공격력과 방어력을 동시에 시험해 봐야겠어.'

그 모습을 조용히 지켜보던 유신운이 아공간에서 한 물건을 꺼내 들었다.

철컥.

유신운은 금속 특유의 서늘한 기운을 느끼며 익숙한 자세로 사격 자세를 취했다.

그의 손에 '조총(鳥銃)' 한 자루가 쥐여 있었다.

그 물건의 정체는 다름 아닌 각룡 조용이 사용하던 보패, '번천인'이었다.

조용이 사용하던 번천인은 녀석과 마찬가지로 엄청난 크기를 자랑했지만 주인이 바뀐 순간, 그가 들기 가장 적합한 형태와 크기로 자동으로 변형되어 있었다.

[보패, '번천인'이 조화신기의 영향으로 격이 상승하였습니다.]

[보패, '번천인'의 등급이 SS+랭크로 상승하였습니다.]

[번천인의 권능 '섬광류탄(閃光流彈)'의 위력이 크게 상승합니다.]

[등급 상승으로 인해 보패, '번천인'의 새로운 권능 '섬광포화(閃光砲火)'를 획득하였습니다.]

우우웅! 우웅!

조화신기를 흡수한 번천인이 그의 손에서 거칠게 진동하고 있었다. 당장이라도 자신을 사용해 달라 칭얼거리는 녀석의 모습에 유신운의 한쪽 입꼬리가 자연히 올라갔다.

'이거야 원, 조화신기만 불어 넣으면 모든 물건이 죄다 진화를 하는구만.'

이어 유신운이 번천인에 조화신기를 불어 넣기 시작했다.

그아아아!

콰아아!

그러자 굶주린 아귀처럼 미친 듯이 기운을 빨아들인 번천인이 흉험한 빛을 뿜어내기 시작했다.

'일단은 섬광류탄부터.'

유신운이 번천인의 방아쇠를 당김과 동시에.

콰가가가가!

퍼어어엉!

번천인의 총구에서 엄청난 폭음과 함께 가공할 열기를 담고 있는 영탄이 스켈레톤 커맨더와 듀라한에게로 쏘아졌다.

번천인의 크기는 작아졌지만 담고 있는 위력은 이전의 것보다 더욱 강대해져 있었다.

모든 것을 살라 버릴 기세로 소환수를 덮쳐 가는 영탄을 보며 유신운이 속으로 짧은 탄식을 내뱉었다.

조용과의 싸움에서 그의 소환수보다 강력한 방어력을 자

랑했던 용골귀조차 번천인의 화력을 버티지 못했었다.

그런데 그보다 한 단계 진보한 파괴력이라니.

'이런, 이거 잘못하면 며칠간 두 녀석을 소환하지 못할 수도 있겠군.'

하지만 다음 순간.

그의 소환수들은 그의 염려를 산산이 부숴 버렸다.

촤아아!

파아앗!

"……!"

순간, 스켈레톤 커맨더와 듀라한의 모습이 사라졌다.

아니, 그들의 한계를 넘어선 너무도 빠른 속도에 찰나간 사라진 것으로 보인 것이었다.

엄청난 속도로 몸을 날린 그들은 회피가 아니라 도리어 자신들에게 날아드는 영탄에 그대로 달려드는데 녀석들의 전신에서 조화신기가 미친 듯이 폭주하고 있었다.

영탄에 뛰어든 스켈레톤 커맨더는 자신의 양팔을 십자로 교차하였다.

그아아!

콰가가가!

스켈레톤 커맨더를 덮친 영탄이 녀석의 조화신기가 둘러진 골갑(骨甲)의 방어력을 뚫어 내지 못하고, 사방으로 갈라졌다.

그런 스켈레톤 커맨더의 옆에 선 듀라한은 돌풍을 일으키며 자신의 대검을 휘둘렀다.

쐐애액!

서거거걱!

거대한 파공성과 함께 번천인의 영탄이 대검에 베어져 수많은 파편이 되어 흩어졌다.

파편들에 의해 거대한 폭음이 터져 나온 후.

처척.

두 소환수는 아무렇지도 않은 모습으로 선 채, 유신운의 다음 명령을 대기하고 있었다.

그 장면을 멍하니 지켜보며 유신운은 당혹스러운 감정을 숨기지 못했다. 무공의 진화도 진화지만, 조화신기로 인한 소환수의 진화는 상상을 초월할 정도였다.

소환수들의 기본 스텟이 정말이지 파괴적으로 높아져 있었다.

하지만 더욱 놀라운 것은 소환수들을 더욱 강력하게 만들 방법이 남아 있다는 점이었다.

'여기에 사령술 버프와 선의술을 더한다면…….'

그는 저도 모르게 혀를 내둘렀다.

유신운은 잠시나마 이런 괴물들을 상대할 적들이 불쌍해질 지경이었다.

그렇게 꽤나 긴 시간이 흐르고.

조화신기를 다루는 실험을 모두 끝낸 유신운은 임무를 마친 스켈레톤 커맨더와 듀라한을 역소환하였다.

'자, 그럼 이제 대망의 마지막만 남았나.'

유신운은 예상보다 길어진 수련으로 인해 조금 지쳤지만 멈추지 않았다.

남은 마지막 훈련이 오늘의 가장 중요한 순간이었기 때문이었다.

이전과 달리 긴장한 기색이 역력해 보이는 유신운은 천천히 입을 달싹였다.

"레이즈 데스 나이트."

그의 입에서 명령어가 내뱉어지자.

촤아아아!

파아앗!

그가 발을 딛고 있는 공간이 통째로 뒤흔들릴 정도의 압도적인 기운이 휘몰아쳤다.

그 거대한 마기의 홍수 속에서 유일랑이 제 모습을 드러내었다.

'어라?'

그런데 그 순간, 유신운은 다른 소환수들과의 차이점을 깨달았다.

'조화신기를 스스로 거부하시는 건가?'

유일랑은 한 줌의 조화신기조차 받아들이지 않았다.

오로지 순마기만이 그의 전신에서 타오르고 있었다.

　조화신기를 거부하는 그 행동에 어떤 이유가 있음이 분명해 보였지만, 아직은 짐작하기 힘들었다.

　"반갑습니다, 영감님."

　유신운의 인사에 유일랑이 시선을 돌렸다.

　조화신기를 몸에 두른 유신운을 바라보는 유일랑의 눈에 이채가 떠올랐다.

　여전히 말은 할 수 없지만, 데스 나이트가 된 후로 유일랑의 의념이 조금씩 전달되고 있었는데.

　-제법이구나.

　그 눈빛에는 기특함이 엿보이고 있었다.

　순간, 유신운은 손주가 할아버지에게 자랑을 하듯 제 어깨에 잔뜩 힘을 주었다.

　그런 유신운의 모습을 보며 귀여워하던 유일랑은 이내 자세를 갖추었다.

　스르릉!

　자연스럽게 검을 꺼내 든 유일랑의 모습에 유신운이 당황하며 말을 꺼냈다.

　"아, 아뇨, 오늘은 대련을 하기 위해서 부른 것이 아닙니다."

　유신운의 말에 유일랑은 그럼 자신을 왜 불렀냐는 듯, 의아해했다.

　그때, 그런 유일랑을 지그시 바라보던 유신운이 거두절미하고 본론으로 바로 넘어갔다.

"이 힘을 한 단계 더 높은 수준으로 올리기 위해서는 영감님이 사용하는 마기가 필요합니다. 부디 그 마기를 사용하는 심법을 전수해 주십시오."

유신운은 유일랑이 자신의 부탁을 들어줄 것이라 일말의 의심도 하지 않았다.

하지만 아무리 시간이 지나도 대답 없는 유일랑의 침묵이 길어지자…….

'어라?'

자신의 예측이 틀렸음을, 그리고 무언가 상황이 이상하게 돌아가고 있음을 직감적으로 알아차렸다.

스아아아!

유일랑의 손에 들린 대검에서 순마기가 용암처럼 뜨겁게 타오르기 시작하였다.

그를 노려보는 유일랑의 눈빛이 전례 없이 사나워져 있었다.

—……오냐오냐해 주니까 이 손주 놈이 날로 먹으려 하는구나.

유일랑이 짙은 살기를 뿜어내며 자신의 대검을 유신운에게 향했다.

"여, 영감님?"

당황한 유신운이 한 발짝 뒷걸음질을 쳤다.

그 순간, 유일랑의 의념이 선명하게 다시 들려왔다.

—진정한 마도(魔道)에 닿는 길은 오로지 사투(死鬪)뿐.

유일랑의 순마기가 유신운이 조화신기로 세운 방벽을 꿰뚫으며 파고들고 있었다.

죽음의 공포에 유신운의 등줄기로 식은땀이 흘렀다.

'자, 잠깐. 설마!'

무언가 안 좋은 예감이 그의 머릿속에 떠오르고 있었다.

유신운은 착각을 하고 있었다.

'……순마기의 심법 따위는 없었어.'

유일랑은 이미 그에게 순마기를 전수하고 있었다.

동굴 속에서 유일랑과 목숨을 걸고 싸웠던 그때부터 말이다.

'……사투, 즉 죽음의 문턱까지 데려가는 것이 유일한 순마기의 전수법인 거야.'

제자를 죽음 직전까지 몰아붙이는 것.

그것이 유일한 순마기의 훈련법이었다.

"여, 영감님, 우리 말로 천천히 해결을……!"

그아아아!

콰아아아아!

"으아아!"

제 발로 저승에 발을 디딘 유신운의 비명이 연신 터져 나오고 있었다.

6장

　무림맹 회의전에 모든 장로들이 호출되었다.

　맹주령에 의해 소집된 회의이기에 어떤 사유로도 구파일 방과 칠대세가의 장로들은 참석을 거부할 수 없었다.

　회의실에 이렇게 많은 장로들이 자리하게 되는 날이면, 본 회의가 시작되기도 전에 저들끼리 시끄러운 갑론을박을 벌였지만 오늘은 달랐다.

　싸아.

　어떤 누구 하나 입을 여는 이가 없었다.

　좌중은 무거운 침묵에 빠져 있었다.

　하지만 어쩔 수 없었다.

　그들이 오늘 모이게 된 이유가 너무도 참담한 일이었기 때문이다.

장로들의 시선이 자꾸만 한곳을 향하고 있었다.

주인 없이 비어 있는 두 자리의 공석이었다.

그것은 구파일방에서 추방되었지만 아직 명표가 치워지지 않은 황산파 장문인의 자리와.

종남파의 장문인, 담풍의 자리였다.

그때, 멸절사태의 뾰족한 목소리가 회의실에 울려 퍼졌다.

"우리가 지금 여기서 이렇게 한가로이 회의나 할 때입니까?"

모든 장로들의 시선이 그녀에게 집중되었다.

멸절사태는 표정에 확연한 분노의 빛이 떠올라 있었다.

아무도 그녀의 말에 대답을 하지 않자, 그녀는 미간을 더욱 좁히며 말을 이어 갔다.

"맹의 동도가 황금에 눈이 먼 흉적들에 의해 잔혹하게 짓밟혔습니다! 그들을 위해 지금 당장 복수의 칼을 들 때가 아니냔 말입니다!"

그녀가 씩씩거리며 말을 꺼내자 장로들의 반응은 제각기 달랐다.

어떤 이들은 복수하자는 그녀의 말에 동조했지만, 다른 이들은 큰 우려를 표했다.

그런 찰나, 무당파의 현학 도장이 굳게 다물고 있던 입을 열었다.

"맹의 조사단도 흉적이 누구인지 밝혀내지 못했거늘. 사태는 도대체 누구에게 칼을 휘두르자는 말씀입니까."

모든 장로들의 시선이 일순간 현학 도장에게로 향했다.

멸절사태는 자신의 말을 받아친 현학 도장을 샐쭉하게 뜬 눈으로 노려보며 말을 이어 나갔다.

"흥! 그것을 몰라서 하시는 말씀입니까? 당연히 사파 놈들의 소행이 분명하지 않습니까."

"사파인들과 낭인들이 종남파의 산문에 도착했을 때는 이미 의문의 세력에게 멸문을 당한 이후였다고 알려졌지 않습니까. 그들이 저질렀다는 어떠한 증거도 없거늘 사태의 흉수를 사파로 지목하는 것은 어불성설입니다."

현학 도장의 말이 틀린 것이 하나도 없었다.

하지만 멸절사태는 이대로 물러날 생각이 전혀 없었다.

"지금 그따위 말을 믿으시는 겁니까? 사파 놈들의 본성은 짐승이나 다름없습니다! 당연히 거짓을 내뱉은 것이지요! 무당파의 장문인이나 되는 분께서 사파 놈들을 비호하다니, 대체 무슨 생각을 하고 계시는 겁니까!"

"사태! 언행에 주의하십시오!"

멸절사태가 현학 도장에게 선을 넘는 발언을 하자, 듣고 있던 곤륜의 장문인 송운자(松雲子)가 그녀를 말렸다.

하지만 현학 도장은 그녀의 말에도 조금도 흔들리지 않았다.

이미 멸절사태가 암중 세력에 넘어간 간자임을 알고 있기 때문이었다.

−부디 흥분을 가라앉히시오, 현학 도장. 저들의 도발에 넘어가면 절대 아니 되오.
−철저히 모르는 척 연기하며 암중에서 적들을 추적해야 합니다.
−이곳에서 모든 것을 밝힌다고 한들, 어느 누구도 우리의 말을 믿지 못할 것입니다.

이세천의 만행을 목격했던 현학 도장과 육망선사, 남궁백과 당소정 네 사람은 저들끼리 바삐 전음으로 대화를 나누고 있었다.
하지만 안타깝게도 기나긴 대화에도 어떤 방법이 가장 좋은 방법인지 찾지를 못하고 있었다.
그런 찰나, 공동파의 천강진인이 멸절사태의 말을 거들었다.
"사태의 말이 맞습니다! 이미 구파일방 중 두 곳이나 차례로 멸문당했습니다. 우리가 나서지 않는다면 무림맹의 이름이 땅에 떨어질 것입니다!"
하지만 천강진인의 말은 화산파 파벌을 제외하고는 공감을 얻지 못했다.

"……지금 우리가 무림맹의 허명이 땅에 떨어진 것을 걱정할 때입니까?"

갑작스러운 병환으로 안색이 좋지 않은 팽가의 가주 팽승언이 연신 기침을 하면서 말을 꺼냈다.

그렇게 서로 언성이 높아지던 찰나.

"이미 회의가 시작되어 있었는지 몰랐소만."

회의전의 문이 열리며 심후한 기운이 담긴 목소리가 울려 퍼졌다.

무림맹주 담천군이 등장한 순간이었다.

그의 등장에 당소정은 표정 관리를 하지 못하였다.

'정말로 맹주마저 간자인 것인가……'

이세천과 위무영의 대화를 들었음에도, 그동안의 행적을 본다면 담천군이 암중 세력에 얽혀 있음을 도저히 믿기 힘든 탓이었다.

담천군이 사람 좋은 미소를 지은 채 회의실 안으로 들어왔다.

순간 담천군과 당소정의 눈빛이 허공에서 교차했다.

움찔.

분명히 온화하고 따뜻한 상대의 눈빛이었음에도, 그녀는 알 수 없는 서늘함에 들키지 않게 몸을 떨었다.

담천군의 등장에 다시금 회의실이 정적에 휩싸였다.

그러자 담천군이 장로들을 예의 그 눈빛으로 바라보며 말을 꺼냈다.

"흐음, 장로분들께서 오늘은 제게 불만이 많으신 것 같습니다. 혹여 말씀하실 것이 있으시면 괜찮으니 허심탄회하게 꺼내 보시지요."

담천군이 그리 말했음에도 어느 누구도 쉽사리 질문을 꺼내지 못했다.

지금 가장 깊은 의심의 대상이 되었지만, 맹주를 그렇게 생각하는 것이 무례하게 느껴질 정도로 여태껏 수많은 고절한 명성을 쌓아왔기 때문이다.

그때, 모용세가의 가주 모용명이 마음을 먹었는지 말을 꺼내었다.

"보물을 얻은 삼공자가 사라졌고, 이공자는 우리들에게 일언반구도 없이 신투의 비동에 몰래 진입하였다가 들켰습니다. 혹시 그들에게 따로 맹주님의 명령이 있었던 것입니까?"

"휴우, 모두 부족한 제가 제자를 잘못 키운 탓이지요."

위무영과 이세천의 단독 행동일 뿐.

자신과는 전혀 연관이 없다는 말이었다.

하지만 모용명이 가진 의심보다 담천군의 말은 너무도 짧고 간결했다.

모용명은 의심이 전혀 해결되지 않은 표정이었지만, 담천군은 그것이 전부라는 듯 더 이상 해명을 덧붙이지 않았다.

그 모습을 바라보는 적양자는 겉으로는 아무렇지 않은 척하고 있었지만, 속으로는 큰 걱정이 떠올라 있었다.

그는 왜 담천군이 이세천을 꼬리 자르기의 제물로 삼지 않는지 이해가 가지 않았다.

그의 머릿속에 어젯밤 은밀히 담천군과 나눴던 대화가 떠오르고 있었다.

—……정녕 이공자를 희생양으로 삼지 않아도 괜찮으시겠습니까? 확실히 하지 않으면 놈들의 의심은 더욱 커질 것입니다.

—신경 쓰지 않아도 된다.

—……예?

—놈들은 이제 그따위 일을 신경 쓸 겨를이 없어질 테니까.

담천군의 말은 무엇을 의미하는 것일까.

적양자가 고민하던 그때였다.

투다다다.

회의전의 바깥에서 시끄러운 발소리가 울려 퍼졌다.

담천군에게 의혹을 캐내고 있던 장로들이 일순 놀라 활짝 열리는 문을 바라보았다.

"매, 맹주님!"

황급히 달려온 전령이 급보를 알렸다.

사안을 듣는 장로들의 표정이 충격에 하얗게 질려 가고 있었다.

그 혼란한 모습을 바라보며.

'의심 따위는 더 큰 사건으로 덮어 버리면 그만이지.'

담천군이 속으로 비소를 지었다.

"……자네는 정말 매번 만날 때마다 나를 놀라게 하는군."

"쓸 만합니까."

"쓸 만한 정도인가. 이런 극상품의 용각은 내 평생 본 적도 없네."

"다행이군요. 저, 그럼 이것은 어떻습니까?"

백이랑은 유신운이 아무렇지 않게 품속에서 영롱한 빛을 뿜어내는 여의보주를 꺼내 들자, 두 눈이 터질 듯 커다래졌다.

유신운은 유일랑과의 지옥 같던 수련을 마치고, 꽤나 오랜만에 백이랑의 대장간에 방문한 상태였다.

그녀와 급히 대화를 나눌 만한 일이 세 가지나 있었기 때문이다.

그때, 여의보주를 이리저리 들여다보던 백이랑이 고개를

끄덕이며 말을 꺼냈다.

"그래, 이 정도 재료라면 자네가 말한 물건은 충분히 만들어 줄 수 있네. 아, 물론 다섯 가지 전부는 안 되고 두 개 정도가 최대치겠군."

'좋았어.'

유신운은 그녀를 만나자마자 첫 목적을 이루었음을 깨달았다.

첫 목적은 또 다른 미래에서 그녀가 만들었던 오대신기보(五大新奇寶)의 탄생을 앞당기는 것이었다.

평소 그녀와 신응을 통해 전갈을 나누며 신기보에 대한 발상을 은근히 자극해 놓았는데, 조용을 처치하고 얻은 뿔과 여의보주가 신기보를 만들 절호의 재료가 되어 주었다.

이어 유신운은 용각과 여의보주를 미련 없이 그녀에게 건네며 의뢰비를 주려 했다.

하지만 그녀는 이내 돈은 되었다며 거절했다.

"돈은 되었다. 자, 이제 네 녀석이 파악한 혈교의 정보에 대해 이 늙은이에게 말해 주거라."

그녀의 눈빛이 일순간 험악하게 바뀌었다.

그녀에게 유신운은 섬서성에서 있었던 일들을 상세히 고했다.

이야기가 이어지는 동안 그녀의 눈동자에 분노와 슬픔이 동시에 떠올랐다.

"……쯔쯔, 어리석은 아이들. 마에 물들어 얻고자 했던 것이 고작 힘과 돈이더냐."

그녀는 혀를 차며 말을 꺼내곤 걱정 어린 눈빛으로 유신운을 바라보며 말했다.

"너도 이제 정말로 담천군 그 놈과 검을 겨룰 날이 머지않았구나."

"머지않아 그렇게 되겠죠. 그 날을 전 고대하고 있습니다."

씨익 웃으며 말을 꺼내는 유신운을 바라보며 백이랑은 피식 웃음이 터져 나왔다.

현 무림에서 가장 강하다고 평가되는 존재와 생사를 겨뤄야 하건만, 저리 여유롭고 자신만만한 태도라니.

'……죽은 손자가 평온히 자랐다면 딱 이 아이의 나이일진데.'

그녀는 어느새 유신운에게 크나큰 정이 쌓여 있었다.

홀로 분투하며 혈교와 싸우는 유신운이 자꾸만 눈에 밟히는 것이다.

'이 아이가 그들을 이겨 낼 수 있을까.'

그때, 허공에서 걱정이 가득한 그녀의 눈과 유신운의 눈이 교차했다.

유신운의 조금도 흔들리지 않는 눈빛이 그녀의 마음을 흔들어 놓았다.

'그래, 이 아이라면.'

눈을 질끈 감았다 뜬 그녀는 깊은 숨을 내쉬며 유신운에게 말을 꺼내었다.

"후우, 이제 총운신검과 대적할 검을 만들어 줄 때가 되었구나."

'드디어!'

백이랑의 말에 유신운의 가슴이 거칠게 맥동하기 시작했다.

총운신검.

담천군의 검으로, 마교주의 흑천마검과 더불어 최강이라 꼽히는 한 자루의 검이었다.

일전부터 총운신검과 대적할 만한 검을 만들어 달라 부탁했지만, 그때마다 백이랑은 아직 때가 아니라며 미루었다.

그런데 오늘, 전혀 생각도 못 했건만 그녀가 총운신검에 대적할 신기를 만들어 주겠노라 선언한 것이다.

담천군의 검을 보며 보패로도 상대할 수 없다고 결론을 내리고 있었기에, 유신운은 한시름 놓은 반응이었다.

그때, 백이랑이 말을 꺼냈다.

"일단 네가 알아 두어야 할 것이 있다."

"예?"

"총운신검과 흑천마검은 분명히 내가 만들었지만, 내가 만든 검이 아니다."

유신운이 의미를 알 수 없는 그녀의 말에 고개를 갸웃하던 그때.

　백이랑이 전혀 생각지 않은 말을 꺼내었다.

　"총운신검은 궁기(窮奇). 흑천마검은 도올(檮杌). 사흉이라 불리는 요괴의 힘이 있어야만 신기를 완성할 수 있다."

　'……사흉이라면 분명히.'

　백이랑의 입에서 사흉이라는 단어를 듣자마자 유신운의 머릿속에 떠오르는 존재가 있었다.

　하지만 아직 그녀의 말이 이어지고 있었기에, 잠시 생각을 접고 설명에 귀를 기울였다.

　"사흉은 태고적부터 존재하는 요괴들의 왕들을 칭하는 명칭이라네. 인간이 감당할 수 없는 강대한 힘을 지닌 존재들이지. 두 신기가 규격을 초월하는 힘을 지니고 있는 이유가 바로 그들의 진력을 품고 있기 때문이지."

　유신운은 조용히 고개를 끄덕였다.

　그 말인즉 담천군은 '궁기'의 힘을 지니고 있다는 뜻이리라.

　"……하지만 그들의 힘을 검에 담는 일은 그들의 허락이 있지 않고서는 불가능하네. 그렇기에 내가 만들었음에도 내가 만든 것이 아니라는 것일세."

　'아아!'

　그 순간, 유신운은 그녀가 하려는 말을 전부 이해했다.

사흉의 신기를 만들기 위해서는 일단 상대를 찾아내고, 그
후 상대에게 허락을 받아야만 한다는 것이다.

　"담천군과 천마 초류빈(草流彬)은 내가 사흉의 힘이 필요하
다고 말하자, 각각 4년과 5년이란 시간이 지난 후에 그들의
맹약이 새겨진 '증표'를 가지고 왔네."

　4년과 5년.

　그들이 사흉의 탐색에 소요한 기간은 매우 길었다.

　하지만 그럼에도 그녀가 유신운에게 미리 이 사실을 말해
주지 않은 이유는 하나였다.

　"……자네에게 일찍 말해 주지 않은 것은 당시 현경의 끝
자락에 다다랐던 그들조차도 사흉의 증표를 가져올 때 목숨
이 위험할 정도의 중상을 입었기 때문일세."

　사흉을 만나는 일은 현경 최상급에 이르렀던 두 존재조차
도 치명상을 입고 돌아올 정도로 극한의 위험을 지니고 있기
때문이었다.

　유신운이 혹여나 신기를 얻을 욕심에 자격을 갖추지 않은
상태로 도전했다가 목숨을 잃을까 봐 미리 말을 하지 않은
것이다.

　그녀의 눈빛에 자신을 생각하는 염려와 진심이 담겨 있었
기에, 유신운은 서운함 따위는 조금도 느끼지 않았다.

　백이랑은 입을 다문 채 어느새 깊은 생각에 잠겨 있는 유
신운을 지그시 바라보았다.

그녀의 눈에는 놀람이 가득 담겨 있었다.

'이렇게 짧은 시간 만에 그 당시 담천군과 초류빈이 도달했던 경지에 도달할 줄이야. 그야말로 하늘이 택한 재주라고밖에는 말할 수 없도다.'

선기를 품은 그녀의 눈에도 유신운의 경지가 정확히 측정되지는 않았지만, 못해도 유신운이 현경 최상급에 도달하였다고 결론을 내렸다.

하지만 그녀는 몰랐다.

유신운이 그녀의 예상을 넘어 이미 조화경에 이른 상태였음을.

그때, 백이랑이 유신운에게 슬며시 말을 꺼냈다.

"……아무래도 예상보다 오래 소요되는 탐색 기간에 고민이 생긴 듯한데 걱정 말게. 호철당이 힘을 빌려 주겠네. 자네의 하오문과 힘을 합친다면 훨씬 시간을 줄일 수 있을 것……."

"저기 당주님."

"으, 으응?"

유신운이 백이랑의 말을 끊었다.

고개를 갸웃하는 백이랑에게 유신운이 슬그머니 손을 뻗었다.

"말을 끊어서 죄송하지만, 이 힘을 봐주실 수 있나요."

백이랑은 두 눈을 끔뻑이다가 이내 유신운의 진지한 표정을 확인하고는 슬쩍 다가와 유신운의 손을 잡았다.

스아아.

유신운의 체내에 잠들어 있던 한 기운이 그녀에게 전해지기 시작했다.

'이, 이 기운은!'

자신의 몸속에 흘러 들어온 기운을 확인한 그녀의 눈동자가 터질 듯이 커다래졌다.

"자, 자네! 어, 어떻게?"

너무 놀란 백이랑이 말을 버벅거렸다.

'역시 내 예상이 맞았군.'

그런 그녀의 반응을 보며 유신운은 자신의 추측이 정확히 맞아떨어졌음을 알아차렸다.

유신운이 백이랑에게 전한 것은 다름 아닌 이전에 흡수했던 여득구의 요기였다.

그리고 그녀가 그렇게 놀란 이유는.

"……자네는 도대체 어떤 삶을 사는 것인가. 어찌 자네의 몸속에 이미 도철(饕餮)의 힘이 잠들어 있단 말인가."

여득구의 요기에 사흉 중 하나인 도철의 기운이 넘실거리고 있었기 때문이다.

사흉이라는 이름을 들었을 때부터 유신운의 머릿속에는 '여득구'가 떠올랐다.

요괴화가 진행된 여득구를 제압하였을 때, 그의 눈앞에

'사흉의 진혈'을 복속시켰다는 시스템 메시지가 떠오른 일이 생각난 것이다.

진혈에서 혈족이라는 말을 떠올린 그의 추측은.

'여득구를 버린 아비가 바로 도철이었어.'

진실로 드러났다.

백이랑은 아직도 제정신을 차리지 못하고 있었다.

한데 그럴 수밖에 없었다.

도철이 누구인가?

어떤 수하도 없이 단신의 몸으로 세상을 떠도는, 사흉 중에서도 최강으로 꼽히는 압도적인 힘을 지녔다고 평가받는 요괴왕이 아니던가.

그런 존재의 기운을 이미 체내에 품고 있다니.

'이 녀석은 도대체……'

백이랑은 귀신을 보는 눈빛으로 유신운을 바라보았다.

"당주님?"

"아, 아아! 미안하네."

백이랑이 뒤늦게 제정신을 차리자 유신운은 그녀의 체내에서 요기를 회수했다.

그러자 그녀가 유신운에게 말을 꺼냈다.

"……자네 이미 도철과 만난 것인가?"

"아닙니다. 어쩌다 보니 그의 혈족과 연을 맺게 되었을 뿐입니다."

"아아!"

백이랑이 유신운의 말에 탄성을 내뱉으며 고개를 연신 끄덕였다.

그런 찰나, 유시운이 슬며시 질문을 건넸다.

"혹시 이 기운을 이용하면 도철을 추적할 수 있는 방법이 있지 않을까요?"

유신운의 말에 백이랑의 머릿속에 벼락이 쳤다.

다음 순간, 중원 모든 장인의 우상이자 신화인 철괴는 유신운의 말 한마디에서 비롯된 한 기물의 구상을 끝마쳤다.

"……가능한 일이다. 도철의 것으로 의심될 만큼 이리 농도 짙은 기운이 존재한다면, 원류를 추적하는 기물을 만드는 일은 내게 그리 어려운 일이 아니니까."

"그렇다면……!"

"그래, 자네는 도철의 추적에 걸리는 시간을 비약적으로 줄일 수 있을 것이네."

"감사합니다!"

환한 미소와 함께 고개를 끄덕이는 백이랑의 모습에 유신운의 눈동자에 환희의 빛이 떠올랐다.

흑천마검과 총운신검을 뛰어넘는 무기라니.

분명히 최후의 전투까지 함께할 만한 위력을 품고 있으리라.

한데 그때였다.

'잠깐만!'

불현듯 유신운의 머릿속에 떠오르는 생각이 있었다.

허락을 받으면, 요괴의 힘을 병기에 깃들게 할 수 있다면.

'……그 녀석들도 가능하지 않을까?'

유신운은 고심에 잠겼다. 신중하게 가능성을 점치던 그의 눈에 이내 이채가 떠올랐다.

충분히 실현 가능한 일이란 결론이 든 것이다.

'……이건 아무래도 내가 혼자서 시도를 해 보아야겠군.'

유신운이 저도 모르게 한쪽 입가를 말아 올리던 찰나.

얼추 생각이 정리된 듯한 백이랑이 자연스럽게 다음 화제를 꺼냈다.

"자, 그럼 대장장이의 일은 끝났으니, 그만 장사치의 일로 넘어가 보아야겠군."

"예."

"그래, 호철당에게 부탁하고 싶다는 사안이 무엇인가?"

수하들을 위한 오대신기보.

자신이 사용할 사흉의 신기.

이제 이곳에 들른 마지막 목적을 말해야 할 때였다.

유신운이 백이랑의 눈을 똑바로 바라보며 망설임 없이 말했다.

"호철당에서 금자를 차용하고 싶습니다."

그랬다. 유신운의 마지막 목적은 그녀에게 돈을 빌리는 것이었다.

전국의 모든 철상과 장인의 연합인 호철당은 삼대 상단에 버금가는 막대한 자금력을 지니고 있었다.

하지만 백이랑은 유신운의 말에 고개를 갸우뚱하였다.

예상하지 못한 부탁인 듯했다.

한데 그럴 만도 했다.

"강서, 복건, 절강, 호남에 이르기까지 자그마치 네 개 성의 모든 상권을 틀어쥐고 있는 녀석이 돈이 더 필요한 것이냐?"

유신운이 그녀보다 훨씬 더 많은 자금을 수중에 지니고 있었기 때문이다.

유신운이 무림맹에 가 있는 동안, 백운세가는 일대 거인으로 성장했다. 표국뿐만이 아니었다. 돈이 되는 모든 영역에는 백운세가의 손이 닿아 있었다.

백운세가는 구룡방이 운영하던 상단을 더러운 부분을 싹 잘라 내고 깨끗하게 정화한 후, 세가에 흡수시켰다.

그리고 황제를 등에 업고 무주공산이나 다름없던 강서, 복건, 절강, 호남을 통째로 집어삼켰다.

이미 세간에서는 백운상단까지 껴서 천하사대상단으로 불러야 하는 게 아니냐는 말까지 나오고 있었다.

그런데 그런 유신운이 자신에게 돈을 빌려 달라니.

그녀가 의문을 가지는 것도 이해가 갔다.

"제 돈을 사용할 수 있으면 좋겠지만, 그들이 출처를 파악할 수 없는 자금이 필요합니다."

'대체 무슨 일이기에……'

백이랑이 조용히 유신운의 말을 기다렸다.

이어 유신운이 닫혀 있던 입을 열었다.

"저는 금황상단을 무너뜨리려고 합니다."

"……설마!"

백이랑의 입에서 신음이 흘러나왔다.

유신운의 대답은 천하삼대상단인 금황상단마저 혈교의 손에 넘어갔냐는 의미였기 때문이었다.

금황상단(金凰商團).

사천에 본단을 둔 거대 상단으로 비교적 역사가 짧지만, 매년 서역과의 교역으로 막대한 돈을 벌어들이는 곳이었다.

'외부에는 그렇게 알려졌지만, 구룡방처럼 이놈들의 실체는 따로 있지.'

유신운은 전생의 기억을 떠올리고는 얼음장 같은 차가운 눈빛을 띠었다.

또 다른 미래에서 혈교의 대표적인 자금줄은 구룡방과 금황상단이었다.

구룡방을 처치했으니 금황상단마저 해치운다면, 혈교에 엄청난 파장이 일어날 것이다.

"천하삼대상단을 무너뜨리려면 얼마가 필요하겠나."

스윽.

말을 마친 백이랑이 탁자에 놓여 있던 종이를 건넸다.

얼마가 필요한지 적어 보라는 것이었다.

유신운은 망설임 없이 붓을 들어 슥슥 액수를 기입하고, 다시 건넸다.

"……?"

종이를 받아 든 백이랑의 눈에 의문이 떠올랐다.

'많다면 많은 액수기는 하지만…….'

일반인이 본다면 기절초풍할 금액이었지만, 천하삼대상단인 금황상단을 무너뜨리겠다는 계획에는 턱없이 부족한 금액이었다.

"정말 이것으로 되겠나?"

"예, 솔직히 말하면 약간 부족하지만, 나머지 돈은 다른 분께 빌릴 수 있을 것 같아서요."

"……다른 분?"

그녀의 질문에 유신운은 아직 말을 해 줄 때가 아니라는 듯, 그저 씨익 웃어 보였다.

"알겠네. 공망에게 말해 바로 내어 주지."

"감사합니다!"

그녀는 금액이 적힌 종이에 자신의 인장을 찍어 유신운에게 건네주었다.

황공망에게 저 증서를 보여 주면 돈을 내어 주리라.

"그런데 대체 자네의 계획은 무엇인가?"

그녀에게 유신운이 당당하기 그지없는 태도로 말했다.

"도박을 할 생각입니다."

"……?"

내가 지금 무슨 말을 들은 거지?

도박? 도박이라고?

유신운의 대답에 정신이 나간 백이랑이 두 눈을 끔뻑였다.

'즈, 증서를 빼앗아야 해.'

백이랑이 어린아이처럼 히죽히죽 웃고 있는 유신운을 보며 내어 준 증서를 빼앗으려던 찰나.

"……대모님."

방문이 열리며 그녀의 수족인 황공망이 들어왔다.

"공망! 얼른 녀석의 종이를 빼앗……?"

백이랑은 황공망에게 명령을 내리다가, 이내 그의 심각하기 그지없는 표정을 보고는 말을 삼켰다.

그리고 다음 순간.

그의 입에서 흘러나온 말은 두 사람 모두 전혀 예상치 못한 것이었다.

"……전쟁이 터졌습니다."

❦

귀주의 성도인 귀양(貴陽)은 여름에는 덥지 않고, 겨울에는 춥지 않은 사람이 살기에 더할 나위 없이 좋은 성시였다.

당연히 하루가 다르게 모이는 사람이 많아지며 자연스레 번영하게 되었다.

언제나 좋은 일에는 추악한 날파리가 꼬이기 마련이지만, 여태껏 귀양에는 별다른 잡음이 생겨나지 않았다.

그 이유는 귀양에 뿌리 깊게 터를 잡고 몇십 년간 확고한 질서를 펼치는 한 문파가 있었기 때문이다.

귀주제일문이라 불리는 용검문이 바로 그곳이었다.

유신운과 정사 비무 대회 2차전에서 결투를 벌였던 등천용왕(登天龍王) 관준이 이끄는 용검문은 분류상 사파로 취급되지만, 귀양의 모든 양민에게 크나큰 지지를 받고 있었다.

용검문은 결코 본인들의 이익을 위해 양민들을 수탈하지 않았으며.

어떤 문제나 사태가 발생해도 귀양의 양민들에게만은 절대 피해가 가지 않게끔 문파를 운영해 왔기 때문이었다.

이런 행동들 때문에 관준은 등천용왕이라는 별호 외에도, 사중협(邪中俠)이라 불렸다.

한데 오늘 자신의 집무실에서 용검문의 부문주인 맹표와 대화를 나누고 있는 관준은 어느 때보다도 심각한 표정을 짓고 있었다.

"그것이 정녕 사실인가?"

"……예, 문주님. 믿기 힘드시겠지만 소신이 몇 번이고 확인한 결과입니다.”

맹표의 대답에 관준의 표정에 숨길 수 없는 실망과 허탈함이 담겼다. 깊은 한숨을 내쉰 관준은 절망 어린 목소리로 혼잣말을 내뱉었다.

“30여 년을 보아 왔던 허 총관마저 통천방의 간자였다니…… 어찌 이런 일이 있을 수 있단 말인가.”

그의 충격이 클 만도 했다.

허 총관은 용검문의 크고 작은 내무를 모두 책임졌던 인물로, 그가 큰 믿음을 주고 있던 존재였기 때문이다.

‘……이로써 통천방이 무언가 비밀을 숨기고 있음은 분명해졌다.’

정사 비무 대회에서 수라보 사태가 생긴 이후, 관준은 그들의 뒤에 숨겨진 조직이 있다고 확신을 가졌고, 사파련에 누차 의혹을 제기하였다.

하지만 통천방을 필두로 한 강경파는 그의 의견을 묵살했고, 어떠한 조사도 진행하지 않았다.

그런 까닭에 관준은 은밀히 자체적인 조사에 나섰다.

그런데 암중 세력의 실체에 근접하려 할 때마다 항상 한발 느렸다.

허탕을 친 그곳에는 항상 통천방이 앞서 도착하여 있었다.

자꾸만 같은 상황이 반복되자 그는 확신했다.

내부의 간자가 자신들의 움직임과 중요 정보를 적들에게

누설하고 있음을.

그날로 관준은 맹표에게 은밀히 문파 내의 세작을 찾으라 명령하였고, 그 결과 범인으로 허 총관이 지목된 것이었다.

그때, 맹표가 조심스럽게 말을 이어 나갔다.

"연통을 보내 본 결과, 저희뿐 아니라 풍림방, 천마장, 산서냉가까지 모두 마찬가지였습니다. 모두 문파의 중요 간부 중에 통천방의 세작이 있는 것을 의심하고 있는 상황입니다."

방금 맹표가 말한 용검문을 포함한 4개 파는 사파련 내에서 정파와의 화평을 원하는 온건파 세력들이었다.

관준은 이것이 어떻게 된 일인지 금세 짐작이 갔다.

무림맹과의 전쟁을 바라는 강경파의 수장인 사파련주 북리겸이 그들에게 세작을 심은 것이다.

그러면 왜 이렇게까지 수라보의 진상에 다가서지 못하게 하는 것일까?

고심하던 관준은 한 가지 결론에 도달하였다.

"……아무래도 통천방이 수라보의 타락과 연관이 있는 것 같다."

"예?"

관준의 말에 맹표가 경악한 반응을 토해 냈다.

하지만 관준은 그에게 설명해 주기보다, 급히 다른 명령을 하달했다.

"······황산파의 일을 되새겨 보면 무림맹 내에도 암중 세력이 잠들어 있을지 모른다. 이것은 결코 우리만의 문제로 그치는 사안이 아니야. 하남과 가까운 산서의 냉가장에 연통을 보내, 우리가 알아낸 정보를 무림맹에 비밀리에 알려야겠다."

하지만 그의 말이 끝났음에도 맹표의 대답은 들려오지 않았다.

관준이 의아해하며 맹표를 바라본 순간.

"······!"

어느새 맹표의 두 눈에 검은자위가 사라져 있었다.

그가 말을 꺼낸 사이, 그 짧은 시간에 죽음을 맞이한 것이다.

'살수!'

파밧!

이런 일이 가능한 것은 오로지 살수의 암습뿐이었다.

관준이 급히 몸을 일으키며 검을 출수하였다.

'어디지?'

기감을 펼치고 사위를 살폈지만, 어느 곳에도 적의 모습은 보이지 않았다.

한데 그때였다.

"이런이런, 하마터면 큰일이 날 뻔했구나."

갑자기 그의 등 뒤에서 송곳으로 철판을 긁는 것 같은 끔찍한 목소리가 울려 퍼졌다.

전혀 기척을 느끼지 못한 관준이 다급히 몸을 돌리려던 순간.

탁! 타닥!

'크윽!'

그의 등에 점혈이 짚였다. 순식간에 마혈을 짚인 그는 온몸이 뻣뻣하게 굳어 버렸다.

쨍강!

그의 검이 힘없이 바닥에 떨어졌다.

기운이 전혀 수발 되지 않자 관준의 눈에 절망이 떠올랐다.

화경에 든 자신을 이런 식으로 농락하다니.

상대는 자신의 실력을 훨씬 상회하는 고수였다.

그때, 천천히 흉수가 제 모습을 드러냈다.

"진령주의 도움이 아니었다면, 교의 대계가 십 보는 후퇴했겠군."

모습을 드러낸 것은 검은 안대로 오른 눈을 가린 독안의 중년인이었다.

'저자는!'

그의 이름은 독괴(毒怪) 음여명(陰黎明).

통천방의 최고 간부인 통천삼장(通天三將)의 일원이었다.

그의 정체를 알아차린 관준의 낯빛이 하얗게 질렸다.

통천방의 살귀라 불리는 통천삼장은 오로지 살육지변이 벌어지는 곳에만 나타나기 때문이었다.

"으아아!"

"크이악!"

아니나 다를까 바깥에서 참혹한 비명이 쏟아지기 시작했다.

"왜 그러느냐? 바깥 모습이 궁금하더냐?"

우악스럽게 관준의 멱살을 잡아 든 음여명이 집무실의 문을 발로 박살을 내고, 밖으로 관준을 패대기쳤다.

바닥을 뒹군 관준의 눈에.

'아아!'

붉게 타오르는 불길 속에서 용검문의 문도들이 통천방의 무인들에게 잔혹하게 살해당하는 모습이 보였다.

말 그대로 지옥도가 펼쳐져 있었다.

관준의 눈동자에 절망이 서린 것을 보며 음여명이 심히 즐겁다는 듯 폭소를 터뜨렸다.

"킬킬, 걱정 말거라! 이제 곧 저승에서 만날 테니까."

그리고 다음 순간.

서거걱!

소름 끼치는 절삭음과 함께 관준의 시야가 까맣게 암전되었다.

부양의 대장간에서 급히 돌아온 유신운은 곧바로 회의를 소집했다.

야심한 새벽녘이었지만 사안이 사안이었던지라 백운세가의 아홉 각주는 행하던 업무를 모두 제쳐 두고 청운전에 모였다.

방 안에는 무거운 침묵이 내려앉았다.

그때, 상석에 앉아 조용히 수하들을 내려다보던 유신운이 말을 꺼냈다.

"무슨 일이 벌어졌는지는 이미 들었을 것이나, 사태의 심각성을 주지시키기 위해 다시 한번 말하겠다."

유신운이 말을 이어 나갔다.

"사파련에 내전이 일어났다. 통천방에 의해 귀주의 용검문이 멸문되었다."

곳곳에서 신음이 터져 나왔다.

1시진 전, 통천삼장이 이끄는 사파련의 정예 전투대가 귀주의 용검문을 습격했다.

병력의 숫자, 무인들의 경지.

모든 것에서 밀린 용검문은 제대로 반항도 못 하고 학살을 당했다.

용검문의 생존자는 단 한 명도 없었다.

귀주를 장악한 사파련은 전 무림에 공표했다.

수라보와 마찬가지로 사파련에 마류에 물든 세력이 있음과 그들을 처단할 때까지 자신들의 행보는 끝나지 않을 것임을 말이다.

그들은 처단의 대상으로 용검문, 풍림방, 천마장, 산서냉가를 지목했고.

통천방을 필두로 요선림, 광풍각, 사자회, 혈검보가 하나로 뭉쳤다.

순식간에 귀주를 장악한 그들의 군세는 어느새 광서의 풍림방으로 향하고 있었다.

귀주에 이어 광서와 광동, 산서까지 점령당할 시, 혈교에게 길게 둘러싸인 형태가 된다.

그리고 그렇게 된다면 백운세가와 동맹들에게 크게 불리한 상황이 펼쳐지게 되리라.

사파련의 내전.

또 다른 미래의 기억으로 짐작하고 있는 일이긴 했지만, 그 시기가 엄청나게 앞당겨졌다.

그 말인즉, 혈교가 아직 제대로 준비가 되지 않았음에도 일단 터뜨렸다는 뜻이다.

혈교가 이렇게 위험한 도박 수를 던지게 된 원인는 단 하나뿐이었다.

'이건 담천군의 허락이 없었다면 결코 일어날 수 없는 일

이다. 그만큼 내게 위기감을 느낀 것이겠지.'

섬서에서의 사건으로 궁지에 몰린 담천군이 미쳐 날뛰고 싶어 하는 북리겸을 이용한 것이다.

예로부터 안의 내홍을 가라앉히기 위해선 바깥 세력을 끌어들이는 것이 가장 좋은 전략이었다.

담천군은 사파련의 내전에 참전하며, 자신과 무림맹을 향하는 의혹과 혼란을 동시에 잠재울 작정인 듯했다.

담천군의 비상한 심기를 보여 주는 작전이었다.

그러나 유신운은 담천군에게 조소를 보냈다.

'잘 풀렸을 거다. 만일 내가 네 장로들에게 미리 네놈의 실체를 보여 주지 않았다면 말이지.'

하지만 담천군이 놓친 부분이 있었다.

그것은 당소정을 포함한 무림맹의 네 장로가 의심이 아니라, 이미 진실을 알고 있다는 점이다.

담천군은 내전이라는 사태에 그들이 꼬리를 내릴 것이라 예상하고 있겠지만.

그의 속셈을 알고 있는 네 장로는 무림맹의 참전을 끝까지 반대할 것이다.

오히려 담천군의 예상과 달리 무림맹의 내홍은 더욱 극에 달하게 되고, 담천군은 한 발짝도 움직이지 못하게 되리라.

순간, 유신운이 잠시 눈을 감고 생각에 빠졌다.

그러자 도진우가 다른 의미로 짐작하고 얼굴을 굳히고는,

이내 조심스럽게 좌중에게 말을 꺼냈다.

"……사실 방금 전, 사파련에서 저희에게 연통이 왔습니다."

모두의 시선이 도진우에게 향했다.

그러자 도진우가 한 자, 한 자 힘을 주어 말을 꺼냈다.

"북리겸이 광동의 천마장으로 향하는 길을 열지 않으면, 저희도 피를 보게 될 것이라 말했습니다."

천마장이 자리한 광동으로 가기 위해선 광서나 호남을 거쳐야 했다.

하지만 광서의 풍림방은 상당한 저력이 있는 문파였다.

게다가 용검문처럼 야습을 할 수 없으니, 점령에 상당한 시간이 소요될 것이 분명했다.

그러니 사파련은 백운세가가 장악하고 있는 호남으로 우회하여 먼저 천마장을 친 후, 풍림방을 양쪽에서 몰아붙일 작전인 것이다.

하지만 백운세가가 길을 내어 주었다가는 호남, 강서, 복건 모두가 적과 맞닿게 되는 상황이 펼쳐졌다.

길을 내어 주면 훗날의 위험이 확실시되고, 비켜 주지 않으면 사파련과 전쟁을 치러야 하는 최악의 상황.

이런 사태에 유신운이 고심에 빠진 것이라 도진우는 생각하고 있었다.

"뭐야! 감히 제깟 놈들이 뭐라고 우리에게 피를 본다 만다

하는 것인가!"

"이 시건방진 놈들이!"

각주들의 분노한 반응이 이어지던 찰나.

슬며시 유신운이 감고 있던 눈을 떴다.

스아아! 촤아아!

그 순간, 유신운의 전신에서 감히 범접할 수조차 없는 엄청난 기운이 뿜어져 나왔다.

흥분하여 씩씩거리던 각주들이 깜짝 놀라 유신운을 바라보았다.

바라보는 것만으로 무릎을 꿇게 만드는 절대자의 위엄이 펼쳐지고 있었다.

'혈교, 네놈들이 오히려 내게 기회를 주는구나.'

모두가 긴장한 채 그저 눈치만 보고 있을 때.

유신운이 그들이 생각조차 못 한 말을 꺼내었다.

"우리는 사파련을 칠 것이다."

7장

유신운의 선언에 모든 각주들이 경악에 빠졌다.

무림맹과 함께 현 무림을 양분하는 거대 세력과 싸우겠다니!

여기에 놀라지 않을 사람이 어디에 있겠는가?

하지만 그들의 눈빛은 빠르게 침착함을 되찾았다.

"충!"

"충!"

도진우가 먼저 유신운에게 고개를 숙이며 소리치자 나머지 각주들도 모두 그를 따랐다.

가주가 말하면 따르면 그뿐.

어느새 각주들의 충성심은 사파련과의 전쟁을 불사할 만

큼 굳건해져 있었다.

'그래, 이제는 모든 진실을 말해 주어도 괜찮으리라.'

한 치의 흔들림도 없는 각주들을 바라보며 유신운은 한 가지 결심을 내렸다.

"드디어 때가 왔다. 이제 그대들에게 사파련을 멸해야 하는 이유를 알려 주도록 하겠다."

그리고 그 결심은 곧장 행동으로 옮겨졌다.

쿠가가가! 콰아아아!

'……!'

'마, 말도 안 돼!'

유신운의 전신에서 휘몰아치던 기운이 더욱 거세게 폭주했다.

체내에 분리해 놓았던 기운이 다시금 하나로 합쳐지기 시작하며.

'저, 저 기운은 도대체?'

'이게 정녕 같은 사람의 힘이란 말인가!'

이윽고 조화신기가 발현되었다.

유신운이 그렇게 자신의 온전한 기운을 드러내자, 몇몇 각주들의 마음속에 담겨 있던 일말의 걱정이 먼지처럼 사라졌다.

'짐작은 했지만…….'

'……역시 병환 따위는 없으셨구나.'

유신운이 마기의 침식으로 인해 병을 얻었다는 소문을 듣고 걱정하던 각주들이 있었다.

하지만 유신운의 저 장엄하기까지 한 모습은 병환이 있다고는 결코 생각되지 않았다.

스윽.

그때, 유신운이 자신의 품속으로 손을 집어넣었다.

'저건?'

'……거울?'

곧이어 그의 품속에서 나온 물건을 바라보는 각주들의 표정에 의아함이 떠올랐다.

파아아! 촤아아!

"헉!"

"이, 이게 무슨?"

조화신기가 거울에 스며들자 황홀한 빛줄기가 방 안에 뿜어지기 시작했다.

유신운이 꺼내 든 것은 다름 아닌 보패, 조요경이었다.

전설로만 들었던 보패가 자신들의 눈앞에 현현하자, 각주들은 충격에 휩싸여 감히 입을 열지 못했다.

그렇게 그들이 조요경에 시선이 팔려 있는 사이, 유신운은 사령술을 스킬을 사용했다.

'디스펠, 기억 조작.'

아니, 정확히 말하자면 이전에 그들에게 써 놓았던 스킬을 제거했다는 표현이 맞으리라.

"아, 아아!"

"허어!"

유신운이 봉인해 두었던 곽주산과 그가 부리던 마인들과의 전투가 다시금 떠올랐다.

'그래, 표국에 정체를 알 수 없는 마인들이 잠입해 있었지!'

'어떻게 이런 사실을 잊고 있었단 말인가!'

"……가주님, 이 기억은?"

그때, 가장 먼저 정신을 차린 도진우가 유신운에게 말을 건넸다.

그러자 유신운이 나직한 목소리로 천천히 상황을 설명했다.

"먼저 사과하겠소. 그대들이 알기에는 너무 위험한 진실이기에, 보패의 힘을 사용해 잠시 봉인시켜 놓았었소."

사령술의 존재까지 밝히지는 않았다.

그들에게 혼란만 더 가중시킬 테니까.

"가주님, 설마 곽주산과 그 마인들의 뒤에 있는 암중 세력의 정체가 사파련인 겁니까?"

유신운은 도진우의 말에 고개를 가로저었다.

그리고 진실을 말해 주었다.

"사파련만이 아니다. 무림맹의 명문들뿐 아니라 황궁과

새외에도 놈들의 간자들이 숨어 있지. 그들의 이름은 혈교!

무림뿐 아니라 세계의 멸망을 추구하고 있다."

"……!"

상상을 초월한 암중 세력의 목적과 규모에 각주들은 입을 열지 못했다.

'아아, 그렇다면 지금껏 가주님은……!'

'……홀로 어떤 싸움을 하고 계셨던 것인가!'

그러나 그것도 잠시 유신운을 바라보는 각주들은 울컥하는 심정을 참지 못했다.

이해가 되지 않아 의문을 가졌던 주인의 행동들이 하나하나 머릿속에서 맞춰지기 시작했다.

그들에게 짐을 내어주지 않은 채, 주인은 홀로 모든 것을 짊어지고 자신들과 세상을 구하고 있었던 것이다.

그렇게 각주들이 한참을 말을 꺼내지 못했다.

하지만 유신운은 혈교라는 세력의 존재를 쉽게 믿지 못하는 것으로 오해하고 말을 덧붙이려 했다.

"쉽게 믿을 수 없겠지만……."

"아니요. 믿습니다."

그 말을 단칼에 노건호가 끊었다.

"가주님께서 말씀하신 것이니까요."

유신운을 바라보는 그의 눈동자 속에는 진실된 존경과 경외가 담겨 있었다.

유신운이 천천히 주변을 둘러보자, 모든 각주들이 똑같은 눈빛으로 자신을 바라보고 있었다.

"저희 모두는 가주님께 도움이 될 이 순간을 위해 여태껏 수련해 왔습니다."

황노가 말했다.

"사파련이든 무림맹이든 혈교이든 하나도 무섭지 않습니다."

주태가 말을 받았다.

"저들에게는 없고, 우리에게만 있는 힘이 있으니까요."

홍련이 그렁그렁한 눈으로 고개를 끄덕였다.

그리고.

"이제 결코 주인께서 홀로 싸우시게 하지 않을 것입니다."

모두가 한목소리로 외쳤다.

그 말이 끝남과 동시에.

처척.

각주들이 자리에서 일어나 바닥에 한쪽 무릎을 꿇었다.

오직 주인을 향한 강철과 같은 믿음을 드러내는 그들을 향해.

"이제 웅크리는 시간은 끝났다. 저들에게 우리의 압도적인 힘을 보여 줄 것이다."

유신운이 선언했다.

귀주를 장악한 음여명이 광동의 천마장을 치기 위해 호남으로 보낸 부대는 다름 아닌 광풍각이었다.

광풍각은 대막의 전설적인 마적 떼인 광풍사가 오랜 세월 살육을 벌이며 몸집을 키운 끝에 만들어진 곳이었다.

가장 사파에 걸맞은 역사를 지닌 문파인 만큼, 그곳에 속한 이들 대부분이 손 속이 잔혹하고 성품이 비열했다.

'흐음, 이거 생각보다 귀찮아질 수 있겠는데…….'

한데 그런 광풍각을 이끄는 광풍각주 혈아회랑(血牙獪狼) 기남규가 지금 무슨 이유에선가 침음을 흘리고 있었다.

"대장, 저놈들 아무래도 길을 비켜 줄 생각이 전혀 없나 본데요."

그때, 그의 옆에 있던 부각주 쇄귀전(碎鬼箭) 부엽이 눈치 없이 그에게 말을 건넸다.

'그걸 누가 모르나, 이 멍청한 새끼야.'

그에 기남규가 찌릿 눈을 흘기자 부엽이 헉하며 얼른 시선을 돌렸다.

기남규가 슬쩍 건너편을 바라보자, 무장을 마친 엄청난 숫자의 무인들이 오와 열을 맞추고 서 있었다.

그들의 군영에는 '백운'이라는 글자가 적힌 깃발이 나부끼고 있었다.

이곳, 귀주와 호남을 연결하는 회화(懷化)에 배치된 백운세가 회화 지부 무인들이었다.

건너편에 진을 치고 전투태세를 갖추고 있는 그들을 보며 기남규가 골치가 아픈지 연신 엄지로 관자놀이를 짓눌렀다.

'……한눈에 보기에도 엄청나게 값비싸 보이는 무장에. 하나 같이 무시할 수 없는 무위가 느껴지는 데다가, 훈련 또한 잘되어 있는지 검진이 칼 같군. 제길, 음여명 이 개자식! 말한 거랑 다르잖아!'

그때, 기남규의 머릿속으로 확신에 찬 음여명의 음성이 울려 퍼졌다.

─가문의 주인이 지병에 오늘내일하는 곳이다. 주인이 죽어 가는데 수하가 어찌 제대로 되어 있겠나. 필시 오합지졸들일 테니, 가서 조금 겁주면 알아서 길을 비킬 것이야.

하지만 음여명의 말과 달리 회화에 진을 치고 있는 백운세가의 무인들은 그의 예상을 한참 뛰어넘는 실력을 갖추고 있었다. 본가가 아닌 지부의 무인들임에도 불구하고 말이다.

아마 혈전이 벌어지면 꽤 어려운 싸움이 될 터였고, 기남규 역시 그 사실을 잘 알고 있었다.

'젠장, 이러다가 이곳에서 상당한 피해를 볼 수도 있겠는데. 아, 그러면 손핸데…….'

그렇게 기남규가 골머리를 앓고 있던 그때였다.

"어라? 저게 뭐야? 대장, 저쪽에서 누가 오는데요?"

"……뭐? 뭔 소리야?"

고개를 갸웃하던 기남규는 부엽의 손가락이 가리키는 곳으로 시선을 돌렸다.

정말 부엽의 말대로 상대방 진영에서 말 한 필이 천천히 다가오고 있었다.

기남규의 눈이 커졌다.

'……백기?'

말에 항복을 뜻하는 흰 깃발이 걸려 있었기 때문이다.

당장이라도 싸울 것처럼 굴더니, 갑자기 이게 대체 무슨 일인지.

광풍각의 무사들도 이해가 되지 않는 상황에 당황하고 있었다.

고작 한 명을 겁낼 필요는 없었기에, 그들은 자신들의 진영에 도착한 인물을 기남규에게로 인도했다.

"안녕하십니까. 백운세가의 회화 지부를 맡고 있는 이초희라고 합니다."

백운세가의 진영에서 온 전령의 정체는 다름 아닌 회화 지부장이었다.

"……!"

"헉……."

기남규는 그녀의 정체에 수하들처럼 깜짝 놀랐지만, 동요한 것을 들키지 않기 위해 이내 표정을 관리하며 차갑게 말했다.

　"네년은 무슨 일로 찾아온 것이더냐?"

　"방금 본가에서 연통이 도착했습니다. 광풍각주님께 가주님의 뜻을 전달하기 위해 왔습니다."

　"……어디 지껄여 보거라."

　기남규의 말에 이초희가 조심스럽게 말을 꺼냈다.

　"사파련분들께 길을 열어 드릴 테니, 부디 광동성과 맞닿아 있는 의장(宜章)까지 편히 가시라 말씀하셨습니다."

　놀랍게도 백운세가의 명백한 항복 선언이었다.

　그녀의 말에 잠시 멍한 표정을 지었던 기남규가 이내 득의양양한 미소를 지었다.

　어찌 된 일인지 알 것 같았다.

　"클클! 그래. 네년의 가주가 제 주제를 제대로 알았구나."

　유신운을 욕보이자 순간 이초희가 움찔했지만, 곧 차분하게 마음을 가다듬었다.

　그 모습을 보며 기남규가 더욱 비릿한 미소를 지었다.

　'후후! 백운신룡이고 어쩌고 하더니, 병에 걸려 겁쟁이가 다 되었구나. 그래, 네놈들이 알아서 머리를 조아려야지. 하하!'

　기남규는 병환에 들어 약해질 대로 약해진 유신운이 자신들에게 겁을 먹고 알아서 기는 것이라고 결론을 내렸다.

돌아가는 상황을 보고 뒤늦게 눈치를 챈 광풍각의 수하들도 한마디씩 거들기 시작했다.

"아, 오랜만에 피 맛 좀 보나 했더니."

"킬킬! 이렇게 겁보들일 줄 알았으면, 그냥 먼저 들이박을 것인데 그랬어."

"캬캬, 내 말이 그 말일세."

킬킬거리며 비웃는 광풍각 무사들을 무표정한 얼굴로 훑어본 이초희가 기남규에게 말했다.

"……가주님의 명령을 전달했으니, 전 그만 돌아가 보겠습니다."

"흐음, 왜 그냥 가지 말고 내 곁에 눌러살지 그러나."

"크하하! 그래, 그깟 백운세가에 있는 것보다는 우리 형님의 여섯 번째 형수님이 되는 게 나을 것이다."

광풍각 무인들의 추잡한 농을 무시하고 고개를 꾸벅 숙인 이초희는 타고 온 말을 향해 걸음을 옮겼다.

그렇게 그녀가 걸어가는 도중에 기남규가 내기를 담은 커다란 목소리로 수하들에게 소리쳤다.

"백운세가가 무릎을 꿇었다! 우리는 놈들이 안내하는 길을 따라, 천마장을 치러 갈 것이다!"

"와아아!"

"와아!"

전투를 치르기도 전에 첫 승리를 거둔 것을 깨달은 광풍각의 무사들이 기쁨의 함성을 내지르기 시작했다.

광분하여 날뛰는 그들의 행렬을 이초희가 말을 타고 지나쳤다.

순식간에 그렇게 모두의 시선에서 멀어지고.

'그래, 그리 지금 많이 기뻐해 두도록 해라…….'

그녀는 적들에게 전한 가짜 연통이 아닌 유신운이 보낸 진짜 연통의 내용을 떠올렸다.

'……우리가 인도하는 곳이 네놈들이 묻히는 묘지가 될 것이다.'

순간 이초희의 입가에 작은 비웃음이 떠올랐다.

"적의 병력이 형양(衡陽)을 넘어 침주(郴州)로 향하고 있다고 합니다!"

"이런! 적들의 진군 속도가 너무 빠릅니다!"

"장주님! 지금이라도 연통을 보내 풍림방에 출전시킨 소장주님과 무사들을 복귀시켜야 합니다."

수하들이 쉼 없이 쏟아 내는 말을 상석에 앉은 중년인이 그늘이 가득한 얼굴로 듣고 있었다.

그가 바로 천마장의 장주인 적마창(赤馬槍) 여손권이었다.

'……설마 그 백운신룡이 사파련에게 무릎을 꿇을 줄이

무림세가
전생랑이

야.'

백운세가가 사파련에게 호남성의 길을 열어 주었다는 소식이 들리자, 천마장의 모두는 충격과 절망에 빠졌다.

유신운이 얼마 전까지만 하더라도 무림맹의 간부였던 것을 떠올리며, 호남성에서 백운세가가 자신들이 대항을 준비할 충분한 시간을 벌어 주리라 예상하고 있었기 때문이다.

하지만 그들의 예상과 달리 유신운은 작은 저항도 없이 사파련에게 백기 투항해 버렸고.

천마장으로서는 최악 중 최악의 상황이 되어 버렸다.

그도 그럴 것이 백운세가가 막아 줄 것이란 예상하에, 이미 병력의 상당수를 광서의 풍림방을 돕기 위해 출전시킨 이후였기 때문이다.

전력을 모두 쏟아 내어도 힘들건만, 반쪽짜리라니.

'도대체 이 일을 어찌한단 말인가.'

여손권은 위기를 헤쳐 나갈 방도를 떠올려 보려 했지만, 어떤 해법도 떠오르지 않았다.

십패에서 천마장은 최약체로 분류되는 반면, 광풍각은 항상 상위에 꼽히는 문파였다.

광동 무림 자체가 중원에서 변경인 까닭에, 별다른 다툼이 없었다.

그 탓에 천마장의 무인들은 무위도 무위지만, 이러한 실전 전투 경험 자체가 매우 부족했다.

하지만 광풍각의 무인들은 피에 굶주린 혈귀들이나 마찬가지였다.

하루가 멀다 하고 대막에서 약탈을 일삼으며 수많은 세력과 전쟁을 치러왔기 때문이다.

'벌써 병력이 침주로 향하고 있다니…….'

이 속도라면 천마장의 본단이 있는 광주(廣州)까지 뚫리는 것은 명약관화한 일이었다.

"장주님! 한시가 급합니다! 부디 풍림방의 병력에 회군 명령을 내려 주십시오!"

다시 한번 수하의 재촉이 이어지던 그때.

드디어 결정을 내린 여손권이 고개를 가로저으며 말을 꺼냈다.

"……이미 풍림방으로 출전시킨 병력을 회군시키는 것은 하책이다. 어차피 풍림방의 방어선이 뚫려도, 우리가 멸문하는 것은 기정사실이다."

"하오나 문주님……!"

"……그만. 우리는 호남에서 광동으로 접어드는 의장(宜章)에 진을 친다. 그리고 그곳에서 목숨을 걸고 항전하겠다."

여손권은 현재의 병력만으로 광풍각과 싸우겠다는 결정을 내렸다.

어쩔 수 없었다. 양쪽의 싸움이 모두 중했기 때문이다.

참혹한 결말이 명확히 보이는 결정이었으나, 좌중의 어느 누구도 감히 말을 꺼내지 못했다.

죽음을 불사하겠다는 여손권의 말에 진심과 각오가 담겨 있었기 때문이다.

그로부터 며칠 후.

의장의 넓은 평원에서 두 세력이 대치하였다.

히이잉.

사람의 수만큼이나 많은 말의 울음소리가 시끄럽게 울려 퍼지고 있었다.

천마장과 광풍각.

두 세력의 무인들 모두 말에 탄 채 사용하는 기마무공(騎馬 武功)을 익혔다.

그러나 그렇게 같은 부류의 무공을 배웠음에도, 두 세력에 게서 느껴지는 무위와 기세는 완전히 달랐다.

"클클, 우리가 저놈들과 같은 사파련이었다니. 한심하기 그지없구먼."

"그러니까 말이야. 아까 먹은 저녁밥이 소화나 되려나 모 르겠군."

광풍각의 무인들은 저들끼리 연신 농을 내뱉으며 여유가 가득하였지만, 천마장의 무인들은 긴장한 기색이 역력했다.

처척.

그때, 광풍각의 병력을 헤치고 기남규가 앞으로 나섰다.

그는 오만하기 짝이 없는 시선으로 천마장의 무인들을 훑은 후, 여손권에게 말을 꺼냈다.

"천마장주는 듣거라! 감히 무림에 금지된 마공을 배운 것도 모자라, 사파련 내에 그 마류를 전파하려 한 죄! 사파련주님의 명을 받들어 대신 처단하겠다!"

기남규의 화경 초입의 심후한 내공이 담긴 목소리가 평원에 울려 퍼졌다.

"뚫린 입이라고 헛소리를 지껄이지 마라! 우리에게 네놈들의 죄를 덮어씌우려는 더러운 의도를 모를 것 같더냐!"

여손권이 화를 참지 못하고 똑같이 소리쳤다.

하지만 기남규처럼 아직 화경에 들지 못하고 초절정 최상급에 머무르고 있는 그의 목소리에 광풍각의 수하들이 비웃음을 흘렸다.

"마류에 물든 것은 우리가 아닌 네놈들……!"

그렇게 여손권이 말을 이어 가던 찰나.

피융-!

한 줄기의 파공성이 울려 퍼졌다.

"크윽-!"

여손권이 신음을 흘리며 다급히 몸을 틀었다.

파악!

어느새 쏘아진 화살 한 발이 그의 볼에 상처를 내고 바닥에 박혀 있었다.

"아아, 죄송하오. 여간 듣기 싫은 목소리인지라 나도 모르게 그만."

광풍각의 부각주 부엽이 기분 나쁜 미소를 지어 보이며 말을 꺼냈다.

쇄귀전(碎鬼箭).

귀신조차 부숴 버리는 화살이라는 그의 별호만큼 날카로운 한 발이었다.

최소한의 예의조차 없는 비열한 공격에 천마장 무인들의 표정이 차갑게 굳은 그때였다.

"자, 장주님!"

"저, 저건!"

갑자기 천마장 무인들의 세찬 동요가 일어났다.

'아아.'

수하들의 시선이 향하는 곳으로 고개를 돌린 여손권의 얼굴에 절망이 깃들었다.

"호오."

하지만 반면 같은 곳을 확인한 기남규와 광풍각 무인들의 얼굴에는 미소가 떠올랐다.

평원의 한쪽에 위치한 높다란 언덕에 광풍각과 천마장 무인들을 모두 합친 것 같은 대규모의 병력이 제 모습을 드러낸 것이다.

'백운'이란 두 단어가 새겨진 깃발이 바람에 세차게 나부끼고 있었다.

"저, 저자는!"

"백운신룡이다!"

"유신운!"

그들의 말처럼 놀랍게도 병력의 중앙에 백운신룡 유신운이 떡하니 자리하고 있었다.

'호오, 가주 놈이 직접 수하들을 대동하고 올 줄이야. 킬킬, 사파련이 다음 표적으로 자신들을 삼을까. 똥줄이 제대로 탔나 보구나.'

그 모습을 확인한 기남규가 한쪽 입가를 말아 올렸다.

"먼 길 오시느라 수고하셨소. 자, 그럼……."

기남규가 그렇게 유신운에게 말을 건네던 찰나.

"백운의 무사들이여!"

갑자기 유신운이 그의 말을 끊으며 커다랗게 소리쳤다.

'크윽! 뭐, 뭐야!'

평원 전체에 쩌렁쩌렁 울리는 유신운의 웅혼한 사자후에 화들짝 놀란 기남규가 입을 다물었다.

광풍각의 무인들이 고막이 터질 것처럼 고통스러워하며 다급히 귀를 막은 그때.

"사파련의 악적들을 모두 섬멸하라!"

유신운이 수하들에게 명령을 하달했다.

'뭐, 뭐라고?'

'지금 저자가 무슨-?'

당혹스러워하는 두 세력을 전혀 상관하지 않으며.

투다다다!

파바밧!

백운세가의 무사들이 각자의 병기를 출수하며 광풍각의 무인들에게 달려들고 있었다.

"백운세가가 우리를 돕는다!"

"모두 진격해라!"

순식간에 전황을 파악한 여손권 또한 자신의 수하들에게 명령을 내렸다.

"우아아아!"

채채채챙!

어느새 평원에는 무인들의 거대한 함성과 병장기가 맞부딪히는 소리만이 가득 찼다.

백운세가에서 출전한 병력은 총 세 개 각의 각주들과 각원들이었다.

촤아아!

서거걱!

"끄윽!"

단말마의 비명과 함께 두 동강이 난 적이 지면에 허물어졌다.

"감히 가주님을 위해 하려는 자! 내 손에 살아남지 못하리라!"

백운각주 도진우의 풍파십팔검이 위력을 쏟아 낸 결과였다.

유신운이 개조한 개방의 절공이 도진우의 손에서 엄청난 위력으로 펼쳐지고 있었다.

그리고 그 옆으로 또 다른 소란이 벌어졌다.

히이이잉!

"크아악!"

낙마한 광풍각의 무사들이 비명을 질렀다.

'이, 이놈은 대체 뭐야?'

'정녕 사람인가?'

바닥을 뒹굴고 있는 무인들이 한 사람을 바라보며 두려움에 떨었다.

말머리를 겨드랑이 사이에 끼운 곤륜노가 흉험한 눈빛을 내뿜고 있었다.

귀운각주 마륵이었다.

그의 품속에서 사로잡힌 말이 거칠게 요동쳤다.

콰드득. 뿌득.

그러자 마륵은 너무도 손쉽게 준마의 목을 오로지 제힘만으로 비틀어 꺾어 버렸다.

"……괴, 괴물."

광풍각의 무사 한 명이 겨우 말을 내뱉은 찰나.

"마륵, 주인 명 따른다. 잡놈들, 다 죽인다."

마륵과 그를 따르는 귀운각원들이 적들에게 달려들었다.

평균 신장이 6척(약 191cm)에 이르는 귀운각원들은 광풍각
의 무인들에게 흡사 신화 속의 거인들처럼 보일 정도였다.

'빌어먹을! 저 곤륜노부터 처치해야겠군!'

미쳐 날뛰는 그들을 보고 부엽이 기운을 끌어 올리며 자신
의 활시위를 당겼다.

피융!

이어진 다음 순간, 파공성이 울려 퍼졌다.

"크아악!"

하지만 신음을 쏟아 내는 것은 마륵이 아닌 부엽이었다.

'이, 이게 무슨!'

부엽의 왼쪽 어깨에 한 발의 화살이 박혀 있었다.

피융! 피슝!

그가 정비할 시간도 주지 않고 연속으로 화살이 날아들었
다.

부엽은 다급히 말에서 내렸다.

히이잉!

그러곤 선인장 신세가 된 말을 벽으로 삼은 후, 날아온 활
의 경로를 쫓아 적의 위치를 찾았다.

'……맹자(盲者)라고?'

흰 끈으로 눈을 가린 노인이 유신운의 곁에서 그를 향해

연신 활을 쏘아 내고 있었다.

퍼억!

"크아악!"

그러던 중, 부엽이 다시 비명을 내질렀다.

작은 틈을 뚫고 황노의 화살이 그의 발목에 꽂힌 것이다.

'크윽! 말도 안 돼. 내 호신기(護身氣)를 뚫다니. 저 볼품 없는 노인이 초절정에라도 들었단 말인가? 그럴 리가 없어!'

부엽이 그렇게 현재의 상황을 받아들이지 못하며 애써 부정만 하던 그때였다.

스으으.

츠아아.

갑자기 그의 몸에서 또 다른 이상이 발생했다.

'뭐, 뭐지? 왜, 왜 호신기가 사라지는 거야!'

그의 몸에 두르고 있던 내기의 방벽이 모래알처럼 흩어지고 있었던 것이다.

'놀란 꼴이 우습긴 하네.'

그 모습을 보며 유신운이 비소를 머금었다.

그랬다.

아직 도진우의 경지까지 다다르지 못한 황노와 마륵이 초절정의 무인을 압도한 것.

또한 부엽의 호신기가 사라진 것.

그 두 가지 모두 유신운이 행한 능력의 결과였다.

겉으로 보이기에 유신운은 아무런 행동도 취하지 않는 것으로 보였으나.

촤아아아!

그아아아!

그의 몸 내부에서는 아무도 모르게 끌어 올린 조화신기가 맹렬히 휘몰아치고 있었다.

기운의 외부 발출을 최대한 자제시킨 채 힘을 사용하고 있었던 것이다.

[플레이어가 '조화신기'로 선의술, '공력 증강'을 사용하는 데 성공하였습니다.]

[숨겨진 시너지 효과를 발견하였습니다.]

[히든 효과가 발휘됩니다.]

[선의술, '공력 증강'을 적용할 수 있는 대상의 수 제한이 해제됩니다.]

우선 유신운은 조화신기로 공력 증강을 사용해 보았다.

그러자 이전에 발록과 싸울 때처럼 조화신기의 영향으로 스킬이 진화하였다.

대상의 수 제한이 해제되어 모든 아군에게 공력 증강을 걸어 줄 수 있게 되었다.

한데 그것이 끝이 아니었다.

'도핑을 시켜 주려면 제대로 해 줘야지.'

그는 모든 부작용을 제거한 진정한 양명환까지 미리 수하들에게 섭취시켜 놓은 상태였다.

백운세가 무인들의 고질적인 단점은 절대적인 내공량의 부족함이었다.

유신운이 무공개변을 통해 획득한 새로운 고위 무공들을 꾸준히 제공한 덕택에 수하들이 선택할 수 있는 고위 무공은 웬만한 거대 문파보다 많았지만.

대부분 나이가 많거나 근골이 굳은 이들이었기에, 그동안 쌓인 내공도 부족하고 쌓는 속도도 느렸던 것이다.

하지만 유신운은 모든 부작용은 없애고 효능은 극상으로 발전시킨 양명환과 공력 증강을 통해 그 단점을 완벽하게 극복했다.

'가주님이 주신 단환이 이렇게 효능이 뛰어날 줄이야.'

'얼마나 값진 물건일지 상상도 안 가는군. 그 유명한 소림사의 소환단도 이런 효능은 없을 것 같아.'

'일반 가솔들에게 이런 값진 단환을 하사하시다니…….'

공력 증강과 양명환이 그들의 체내에서 완벽히 조화를 이루자, 그들은 일시적으로나마 자신의 본래 공력의 두 배, 세 배에 가까운 힘을 쓸 수 있게 되었다.

"광풍각 무사들도 별것 아니다!"

"모두 해치워!"

그들은 그동안 내공의 부족으로 조심하며 사용하던 무공을 제약 없이 마음껏 펼쳐 내기 시작했다.

'이까짓 놈들이 어떻게 우리를?'

'이, 이런 말도 안 되는……!'

먹잇감을 궁지에 몰아넣은 맹호와 같은 기세에 광풍각 무인들이 버거워하기 시작했다.

그리고 부엽의 호신기가 흩어졌던 것처럼, 광풍각 무인들의 기운 또한 계속 무너지고 있었다.

'크윽, 왜 이리 기운의 수발이 불편한 거야.'

'기운이 계속 흩어지고 있어.'

'이건 마치 어딘가로 빨려 들어가는 것 같잖아?'

그들이 계속 그리 힘겨워하는 원인은 당연하게도 유신운에게 있었다.

스아아! 촤아아!

유신운은 계속해서 전 아군에게 선의술을 사용하고 있었음에도, 조화신기가 조금도 부족하지 않았다.

아니, 오히려 자신의 한계를 뛰어넘을 정도로 충만했다.

'이건 거의 적이 아니라 기부 천사들이네.'

광풍각 무인들에게서 흩어진 기운이 그에게 쏟아져 들어오고 있었다.

[플레이어가 '조화신기'로 스킬, '숨결 강탈'을 사용하는 데

성공하였습니다.]

　[플레이어가 '조화신기'로 무공, '진광라흡원진공'을 사용하는 데 성공하였습니다.]

　[같은 효력을 지닌 스킬과 무공이 연계되었습니다.]

　[히든 효과가 발휘됩니다.]

　[스킬과 무공의 효과가 1.5배 증가합니다.]

　[숨결 강탈]

　모든 살아 숨 쉬는 적들의 호흡을 빼앗는다.

　숨결은 곧 생명의 원천.

　힘의 근원을 약탈당한 적은 급속도로 약화되며, 플레이어는 그만큼 생명력을 회복한다.

　숨결 강탈과 진광라흡원진공이 전장에 있는 모든 광풍각 무인들의 기운을 흡수하고 있었던 것이다.

　적들은 모든 힘을 약탈하고, 아군은 한계를 뛰어넘게 강화하는 유신운은 이 전장의 숨겨진 주인이나 다름없었다.

　'옛날 생각나는군.'

　전생에서도 이런 대규모 전투는 그의 상징과도 같았다.

　하지만 그때와 다른 점이라면, 이제 그의 곁에는 자신을 따르는 충성스러운 수하들과 동료들이 자리하고 있다는 점이리라.

"크아악-!"

그때, 부각주 부엽이 고통에 찬 신음을 쏟아 내었다.

줄이 끊어진 꼭두각시 인형처럼 몸이 흔들리는 그의 한쪽 눈에 화살 한 발이 박혀 있었다.

호신기를 다시 일으키는 데에만 집중하던 놈의 빈틈을 황노가 정확히 노린 결과였다.

머릿속까지 꿰뚫어 버린 일격을 부엽은 버티지 못했다.

털썩.

두 무릎을 땅에 꿇은 부엽은 숨을 멈췄다.

"부, 부각주님!"

"이, 이런!"

부엽이 그렇게 허무하게 죽음을 맞이하자 광풍각 무인들의 사기가 땅에 떨어졌다.

자신의 예상과 정반대로 흘러가는 전황을 보며 기남규 역시 혼란에 빠져 있었다.

'……어쩌다 일이 이렇게 돼 버린 거지?'

곁에 있던 수하가 그런 기남규를 보며 다급히 말을 꺼냈다.

"가, 각주! 부각주가 사망했습니다! 다음 명령을! 크억!"

하지만 수하는 말을 끝까지 마치지 못하고, 등판에 수십 개의 화살을 맞고 절명하여 쓰러졌다.

기남규는 그렇게 자신에게 허물어지는 수하를 보며 퍼뜩

정신이 돌아왔다.

'저 개자식!'

주위를 살피던 그의 눈에 언덕 위에서 홀로 유유히 상황을 내려다보고 있는 유신운의 모습이 들어왔다.

기남규의 눈빛에서 짙은 살기가 뿜어졌다.

'그래, 저놈만 해치우면 다시 기세는 우리의 것으로 돌아오리라.'

그렇게 생각한 기남규가 말고삐를 세차게 흔들었다.

투다다다! 파바밧!

그러자 기남규의 애마인 흑라(黑邏)가 거칠게 투레질을 하더니 이내 유신운이 위치한 언덕으로 달려 나갔다.

"적장이 가주님께 간다!"

"모두 막아!"

섬전처럼 질주하는 기남규를 백운세가의 무인들이 막아서려 했지만.

"크악!"

"컥!"

어느 누구도 흑라를 멈춰 세우지 못했다.

가로막던 무인들은 흑라의 말굽에 걷어차여 멀리 날아갔다.

기남규의 기마무공은 십패의 패주다운 엄청난 경지에 도달하여 있었다.

정사 비무 대회의 과정을 직접 보았던 그는 객관적으로 유신운의 무위가 자신보다 높다는 사실을 알고 있었다.

'접근만 하면 나의 승리다!'

하지만 그는 자신감이 충만했다.

출전하기 전, 사파련주로부터 새로운 비전 마공을 받은 데다가.

'여태껏 전투에 합류하지 않는 것을 보면, 분명히 아직 몸이 다 낫지 않은 것이 분명해!'

어차피 마기의 침식으로 죽어 가는 놈 따위는 하나도 무섭지 않았던 탓이다.

무려 무림맹주가 직접 확인했다는 것을 알기에 그는 일말의 의심도 가지지 않았다.

그렇게 순식간에 적들의 방어선을 뚫어 내고 언덕 근처까지 주파한 그는.

파앗!

단 한 번의 도약으로 언덕 위에 착지했다.

'좋아, 진짜 혼자군!'

설마 적군이 혼란한 전장을 헤치고 이곳까지 올 것이라고 예상하지 못한 듯 유신운은 홀로 서 있었다.

투다다다!

주위에 아무런 수하도 없는 것을 확인하자 기남규가 흑라와 함께 미친 듯이 돌진했다.

유신운은 그의 등장에 당황해 몸이 얼었는지 아무런 반응도 하지 못하고 있었다.

"죽어랏!"

단숨에 거리를 좁힌 그는 그에게 혈아회랑이란 별호를 만들어 준 회회귀랑창(灰獪鬼狼槍)의 절초를 쏟아 냈다.

좌라라라!

쐐애액!

창날에 솟아오른 흉포한 강기와 흑라의 말발굽이 동시에 유신운을 덮쳤다.

수많은 전장을 헤쳐 온 기남규는 직감에 절대 상대가 피할 수 없다는 생각이 스쳤다.

한데 그때였다.

스스슥!

'……!'

기남규의 눈이 커다랗게 확장되었다.

그리고 다음 순간.

콰가가! 콰아앙!

유신운이 서 있던 자리에 거대한 폭음이 울려 퍼졌다.

기남규의 일격이 담고 있는 가공할 파괴력에 모래 먼지가 높이 피어올랐다.

'됐다!'

'각주님이 백운신룡을 처치했어!'

언덕 위를 바라보던 광풍각의 무인들이 속으로 쾌재를 불렀지만.

정작 모래 먼지 속을 바라보는 기남규의 두 눈은 지진이라도 난 듯이 흔들렸다.

그는 자신의 두 눈을 의심하고 있었다.

한데 그럴 만도 했다.

그가 유신운에게 창강을 휘두른 순간.

'……사라졌어?'

갑자기 놈의 모습이 신기루처럼 일시에 사라져 버렸던 것이다.

그 어떤 신법도, 보법도 아니었다.

그도 화경의 경지에 도달한 고수였다.

단순히 회피한 것이라면 눈으로 좇지 못할 리가 없었다.

상대는 정말로 찰나 만에 완전히 시야에서 사라져 버렸다.

그렇게 당황한 채 모래 먼지 속만 유심히 바라보던 그때.

쐐애액!

'헉!'

갑자기 등줄기로 소름이 돋아왔다.

그는 급하게 타고 있던 흑라를 두고 바닥으로 몸을 날렸다.

좌아아! 서거걱!

순간, 그의 귓전으로 소름 끼치는 절삭음이 들렸다.

‘무슨?’

그가 뇌려타곤의 수법으로 땅을 구른 후 다급히 흑라를 바라보았다.

쩌저적!

“……!”

그가 타고 있던 안장과 함께 흑라가 반 토막이 나 땅바닥에 쓰러졌다.

흑라의 피와 내장이 바닥에 우수수 쏟아졌다.

“아깝군.”

모래 먼지 속이 아닌 그의 등 뒤에서 나타나 기습을 한 유신운이 아쉽다는 듯 말했다.

움직임을 전혀 포착하지 못한 사실에 당혹감과 공포심이 차오른 기남규는 그 감정들을 떨쳐 버리기 위해 도리어 크게 소리쳤다.

“놈! 무슨 사술을 쓴 게냐!”

그러자 유신운이 고개를 절레절레 가로저었다.

“쯧, 이제는 지겨울 정도군.”

“……뭐?”

“단체 교육이라도 받는 거냐? 그놈의 사술, 사술. 어째 혈교, 네놈들은 하는 말이 죄다 똑같은 거냐.”

“……네, 네놈이 어떻게!”

유신운의 입에서 혈교라는 단어가 나오자 그의 얼굴에 당황이 내려앉았다.

하지만 유신운은 녀석이 정신을 차릴 시간을 주지 않았다.

스스슥!

'빌어먹을! 또……!'

이전과 마찬가지로 신기루처럼 유신운은 시야에서 사라졌다.

기남규가 다급히 기감을 흩뿌렸지만.

'마, 말도 안 돼!'

안타깝게도 어느 곳에서도 유신운의 기운이 느껴지지 않았다.

한데 그럴 수밖에 없었다.

이 순간, 유신운은 전혀 다른 공간에 있었기 때문이다.

스스슥!

그때, 기남규의 머리 위의 허공에서 갑자기 유신운이 나타났다.

파즈즈즈! 파바밧!

전신에서 뇌전을 뿜어내며 등장한 유신운은 강기가 휘몰아치고 있는 검으로 기남규에게 참격을 쏟아 냈다.

쐐애액! 촤아악!

"크아악!"

이번에는 유신운의 공격을 파악하지 못한 그는 벼락처럼 떨어지는 참격을 그대로 맞았다.

왼쪽 어깨부터 가슴 아래까지 이어지는 깊은 상처가 새겨졌다.

'끄윽, 도대체 무슨 말도 안 되는 공력이란 말인가…….'

마기의 침식 따위는 없었다.

그는 자신과 혈교 모두가 유신운 한 사람에게 철저히 농락당했음을 깨달았다.

비틀거리면서도 창을 다시금 드는 녀석을 보며 유신운이 비소를 지어 보였다.

"호오, 마적 떼 두목치고 제법인데? 자, 그럼 또 막아 보라고."

스스슥!

유신운의 모습이 다시금 사라졌다.

뇌운십이검 신운류.

보패 혼합기.

비뢰신 + 투경월(透鏡越).

뇌신경월(雷神鏡越).

유신운은 보패를 꺼내지 않았음에도 조화신기를 통해 무공과 완벽히 결합시키고 있었다.

투경월은 서로 떨어진 두 공간을 연결하는 조요경의 권능이었다.

크라켄이 바다를 연결했던 것처럼 공간과 공간을 이어붙이는 권능이었는데, 크나큰 제약이 있었다.

그 내부로 살아 있는 존재는 결코 진입할 수 없다는 것이었다.

그런데 조화신기의 영향으로 그 제약이 사라졌다.

하지만 연결되는 두 공간의 거리에 비례하여 기운이 소모되는 탓에 고작 1장(약 3.03m) 정도밖에는 이동하지 못했다.

물론 그 정도 거리를 이동할 수 있는 것만으로도, 전생에서 위저드 헌터의 최강의 생존기였던 '순간 이동(Blink)'을 상회하는 효력을 보여 주고 있었다.

스스슥!

"헉!"

이번에는 유신운이 기남규의 코앞에 나타났다.

기남규가 화들짝 놀라 급히 방어하려던 찰나.

촤아아! 스스슥!

'그만 잘 가라.'

기남규의 사위에 있는 모든 허공에서 유신운이 미리 준비해 둔 수십 개의 참격이 쏟아졌다.

뇌운십이검 신운류.

보패 혼합기.

풍뢰단횡 + 투경월.

풍뢰투경참(風雷透鏡斬).

촤아아아! 콰가가가!

서거걱!

텅 빈 공간에서 터져 나오는, 전혀 짐작조차 할 수 없는 참격을 피할 수 있을 리 없었다.

털썩.

수십, 수백의 파편으로 쪼개진 기남규가 지면에 흩뿌려졌다.

"적장을 물리쳤다! 잔당은 한 놈도 살려 두지 마라!"

"우아아아!"

유신운의 사자후가 전장에 울려 퍼지자 수하들의 우레와 같은 함성을 터뜨렸다.

그리고.

광풍각 무인들이 한 명도 빠짐없이 몰살당하기 시작했다.

᚛

하늘에 칠흑 같은 어둠이 내려앉았음에도, 광서성 의주(宜州)의 넓은 들판에는 아직 밤이 찾아오지 않은 듯했다.

평원을 가운데에 두고 양쪽에 자리를 잡고 있는 풍림방과 통천방의 두 군영에서 빛이 뿜어지고 있었기 때문이다.

흩날리는 바람에 역한 피비린내가 진동을 하고 있던 그때.

풍림방의 지휘 막사 안에서는 수많은 이들이 끝없는 회의를 하고 있었다.

풍림방주 풍월검(風月劍) 도백건(度白鍵)이 가장 상석에 앉아 있었고, 그 옆에는 천마장의 소장주인 여손량이 자리하고 있었다.

그리고 풍림방과 천마장의 간부들이 양쪽으로 주르륵 앉아 있었다.

하나같이 고개를 푹 숙이고 있는 간부들의 얼굴에는 숨길 수 없는 피로와 침통함이 함께 쌓여 있었다.

그때, 애써 표정을 관리하고 있던 도백건이 여손량을 바라보며 입을 열었다.

"소장주, 지금이라도 광동으로 돌아간다고 해도 나와 풍림방원들은 이해할 것입니다."

풍림방주의 말에 풍림방 간부들의 얼굴에 시름이 떠올랐다.

아무리 티를 내지 않으려 해도 소용없었다.

아니, 어쩔 수 없는 일이었다.

가뜩이나 통천방의 무인들에게 처참하게 밀리고 있는 상황에서 천마장의 전력이 빠지게 된다면 자신들의 최후가 더욱 명확해지기 때문이었다.

하지만 그럼에도 어느 누구도 도백건의 제안을 철회해 달라 말하지 못했다.

그도 그럴 것이 천마장의 본단이 위치한 광주가 광풍각의 손에 넘어갔다는 소식이 전해진 시점이기 때문이었다.

의장 전투의 대패가 알려진 이후부터 예견된 일이었지만, 직접 소식을 들은 것은 충격이 다를 터였다.

그러나 여손량은 결연한 표정으로 고개를 가로저었다.

"괜찮습니다. 끝까지 저희를 부르지 않은 아버님의 의지를 지키는 것이 오히려 맞는 일일 것입니다."

"……소장주."

"……저희는 다음 전투만 생각하도록 하지요."

도백건은 그를 말리려 했지만, 여손량의 탁자 밑으로 숨긴 손을 본 후 입을 다물었다.

어찌나 세게 주먹을 쥐었는지, 손톱이 파고들어 피가 배어 나오고 있었던 것이다.

"……후우, 알겠소이다."

그 모습을 본 도백건은 깊은 한숨을 내쉬며 말을 꺼냈다.

목숨을 걸고 결전을 행하겠다는 여손량의 의지가 표명된 후, 막사 안에서 다시 회의가 이어지기 시작했다.

그들이 현재 맞닥뜨린 가장 심각한 문제는 두 가지였다.

그중 첫 번째는 심각한 사기의 저하였다.

사기의 저하는 단순히 전투를 패배했기 때문이 아니었다.

'사람 같지 않은 놈들.'

적들이 포로로 붙잡은 이들을 전선의 가장 앞쪽에 배치하고는 아군이 보는 앞에서 무참하게 죽이고 있었기 때문이다.

사파인이라 해도 절대 허용되지 않을 잔혹한 행동이었다.

하지만 통천방은 그들을 마공을 익힌 마인들이라 지껄이며 그런 말도 안 되는 잔혹 행위를 서슴지 않았다.

그리고 두 번째는 전술의 사전 누출이었다.

—기습을 행했음에도 적들이 먼저 알고 대비를 하고 있었습니다.

—내부에 있는 간자가 있음은 분명하거늘, 잡을 방도가 마땅치 않으니…….

도백건과 여손량이 계속 전음을 나누었지만, 도저히 답이 나오지를 않았다.

간부들 모두가 오랜 시간 그들과 동거동락했던 이들이었기에, 누가 간자인지 짐작조차 하기 힘들었던 것이다.

'어찌해야 하는가…….'

두 사람의 머릿속이 복잡해지고만 있던 그때.

막사의 바깥이 갑자기 소란스러워지기 시작했다.

소음은 점차 커지더니 순식간에 군영 전체가 뒤흔들리고 있었다.

'무슨 일이지?'

모두가 갑작스러운 사태에 두 눈을 끔뻑이고만 있던 찰나.

스윽.

풍림방의 수하 하나가 막사의 천막을 거두고 안으로 들어왔다. 그의 표정에 당황과 공포가 깃들어 있었다.

"……장주님, 급히 나와 보셔야 할 것 같습니다."

이어 도백건과 여손량이 수하를 따라 막사 바깥으로 나왔다.

곧이어 수하가 가리킨 곳을 바라본 두 사람의 눈이 지진이라도 난 듯이 흔들렸다.

두 군영 사이의 평원에 새롭게 일단의 무리가 등장한 것이다.

어둠에 가려 피아를 구분하지 못하는 상황.

'저들은 누구인가?'

'설마 무림맹의 지원군이 도착을 한 것인가!'

그들이 작은 희망을 담아 무리를 바라보던 그때.

화르륵! 화륵!

연이어 불빛이 떠오르며 어둠에 감춰졌던 무리의 면면이 드러났다.

"……!"

"아아!"

"……이럴 수가!"

'광풍'이라는 두 글자가 적힌 깃발이 나부끼는 모습에 풍림방의 진영 곳곳에서 깊은 신음이 흘러나오기 시작했다.

같은 시각.

통천방 군영에서도 그들의 지휘관이 갑자기 나타난 무리를 지켜보고 있었다.

족제비처럼 날카로운 눈매와 튀어나온 광대가 냉혹한 인상을 주는 남자는 무인이라기보다는 학사와 가까운 분위기를 띠고 있었다.

한 손에 붉은 섭선을 쥔 채 얼음장처럼 차가운 시선을 흩뿌리는 그는 통천삼장 중 하나, 귀뇌학사(鬼腦學士) 계승교(桂承交)였다.

'무언가 이상한데……?'

계승교가 광풍각의 깃발을 바라보며 연신 섭선을 어루만지던 그때.

"호오, 이거 아무래도 전투가 오늘로 끝날 수도 있겠군."

계승교의 깡마른 외견과 대비되는 거대한 덩치에 사기를 풀풀 쏟아 내는 파계승이 입꼬리를 말아 올리며 말했다.

또 다른 통천삼장인 천승명왕(千勝明王) 야율곡(耶律曲)이었다.

그때, 광풍각의 군영으로 보냈던 수하가 답신을 가지고 돌아왔다.

"부방주님, 광풍각주께서 저희의 진영으로 합류하신다고 부디 생문(生門)을 열어 달라 하셨습니다."

귀뇌학사는 사파련 최고의 술법사이자 진법사였다.

통천방 군영의 근방에는 그가 펼친 수많은 위험한 술법과 진법이 깔려 있었다.

하지만 아무리 시간이 지나도 계승교는 아무런 말도 꺼내지 않았다.

그러자 야율곡이 고개를 갸웃하며 그에게 말을 꺼냈다.

"뭐하는 거냐, 귀뇌. 명령을 안 내릴 거냐? 저놈 보아하니 천마장주까지 포로로 끌고 온 것 같은데. 그놈의 모가지를 가지고 소란을 일으키면, 필시 아들놈이 화를 못 참고 튀어나올 거라고."

그의 말처럼 불빛에 드러난 광풍각의 진영에는 무인들만이 있는 것이 아니었다. 포승줄에 줄줄이 묶인 참담한 모습의 포로들도 있었던 것이다.

"……무언가 이상하다."

"뭐가 이상하다는 거냐?"

"분명히 나는 기남규에게 의주의 전투가 끝나면 연통을 보내라고 했다. 하지만 놈은 보내지 않았지. 그러더니 뜬금없이 이곳에 합류한다고?"

귀뇌학사라는 별호처럼 계승교는 머리가 무척이나 비상했다. 그는 광풍각의 무리를 보며 의심을 거두지 않았다.

하지만 야율곡은 대수롭지 않게 생각했다.

"쯔쯔, 귀뇌. 항상 말하지만 너는 너무 생각이 많아. 눈에 내력을 담아 좀 봐 봐. 분명히 기남규의 망나니 말이 아니냐. 그 미친 망아지가 다른 주인이 제 등 위에 앉는 것을 허락할 것 같으냐?"

"······그래도 확인 절차가 우선이다."

"칫, 깐깐한 녀석! 그럼 어쩌자는 것이냐?"

"일단 놈들의 군영은 저대로 대기시킨 채, 기남규부터 불러들인다. 그리고 어찌 된 영문인지 듣고 합류를 시키겠다."

"어휴! 그래, 맘대로 해라. 네놈, 들었지? 그대로 돌아가서 전달해라."

"옙!"

한숨을 내쉬며 고개를 절레절레 가로저은 야율곡이 수하를 다시금 광풍각의 군영으로 보냈다.

얼마간의 시간이 흐른 후.

광풍각의 진영에서 흑라를 탄 기남규가 수하와 함께 그들의 진영으로 오기 시작하였다.

그 모습을 바라보며 야율곡이 혀를 차며 귀뇌에게 말했다.

"봐라. 저놈이 다른 놈처럼 보이냐? 그냥 나처럼 귀찮아서 전갈을 안 보낸 거라니까."

"······."

계승교는 야율곡의 말에도 대답하지 않았다.

그저 그들에게 다가오는 기남규를 천천히 아래위로 훑을 뿐이었다. 의심한 것과 달리 그의 외견은 이전에 보았던 모습과 완벽히 똑같았다.

'······흘러나오는 내기도 분명한 기남규의 무공이고. 내가 너무 예민했던 건가.'

계승교가 드디어 의심을 거두던 그때, 어느새 기남규는 그들의 코앞까지 당도하여 있었다.

싸늘한 시선으로 기남규를 바라보며 계승교가 말을 꺼냈다.

"광풍각주, 명령도 없었건만 이곳으로 왜 합류했소. 그리고 전갈을 왜 보내지 않은 것······."

한데 그때였다.

"쉿."

갑자기 기남규가 검지로 자신의 입을 가리며 그의 말을 끊었다.

'이 자식이 감히!'

평상시 자신에게 벌벌 기던 기남규의 무례한 행동에 계승교가 미간을 찌푸리던 그때.

갑자기 아무런 대답도 없이 기남규가 제 품에 손을 집어넣더니 이내 무언가를 꺼내 들었다.

"저, 저건!"

"······!"

그의 손에 들린 물건을 확인한 통천삼장 두 사람의 낯빛이 하얗게 질렸다.

쐐애액!

그때, 기남규가 갑자기 손에 들고 있던 물건을 통천방 무인들의 막사들이 모여 있는 곳을 향해 던졌다.

"모두 피햇!"

"폭벽……!"

야율곡의 마지막 말이 제대로 완성되기도 전에, 허공에 떠올라 있던 폭벽탄이 유신운의 내기에 의해 폭발을 일으켰다.

콰가가가! 콰아아앙!

천지가 무너지는 듯한 거대한 폭음이 울려 퍼졌다.

"크아아악!"

"끄아아!"

폭발에 휘말린 통천방 무인들의 고통에 찬 신음 소리가 사방에서 울려 퍼졌다.

'크윽!'

'기남규, 이 미친놈이!'

뒤늦게 정신을 차린 통천삼장의 앞에 그야말로 생지옥이 펼쳐져 있었다. 타들어 가는 불꽃과 피, 그리고 갈가리 찢긴 시신들로 가득했다.

"우아아아!"

투다다!

그러던 그때, 귀가 먹먹한 함성 소리가 울려 퍼졌다.

멀리서 광풍각 군영의 무인들이 파도처럼 그들을 향해 밀려들고 있었다.

'아니, 어째서!'

그 진격을 지켜보는 계승교의 눈이 파르르 떨렸다.

"계승교, 뭐냐! 왜 네놈의 술법과 진법이 전부 발동을 하지 않는 거야!"

야율곡이 버럭 소리쳤다.

그랬다. 적들이 그들의 군영 근방까지 미친 듯이 달려들고 있음에도, 어떠한 진법과 술법도 발동이 되지를 않고 있었다.

'침착해야 해.'

'정신 차리자.'

이런 상황에까지 이르자 오히려 그들은 이성을 되찾았다.

그리고 두 사람은 이 모든 사태를 설명할 수 있는 유일한 존재를 노려보았다.

기남규는 아직도 흑라에 올라탄 채, 그들을 비웃음과 함께 내려다보고 있었다.

"기남규, 네놈이 감히 우리를 배신해!"

"네놈, 정체가 뭐냐!"

야율곡과 계승교의 사나운 목소리가 울려 퍼지던 그때.

찌이익!

"……!"

"……!"

기남규, 아니 유신운이 제 얼굴을 감싸고 있던 인피면구를 찢어 바닥에 내던졌다.

"휴, 갑갑해 죽는 줄 알았네."

'백운신룡이 왜 여기에!'

통천삼장은 정사 비무 대회에서 유신운의 얼굴을 본 적이 있었기에, 한눈에 그가 누구인지 알아차릴 수 있었다.

'백운세가가 일부러 거짓된 정보를 뿌렸다. 의주에서 승리한 쪽은 우리가 아니었어!'

'……광풍각주가 패배한 것이었군.'

그들은 그제야 이것이 어찌 된 일인지 깨달을 수 있었다.

'……백운세가의 저력이 이 정도였단 말인가?'

귀뇌는 놀람을 금치 못하고 있었다.

이렇게까지 정보가 완벽히 통제가 될 수 있다는 것은 백운세가에 사파련에 필적하는 정보 단체가 있다는 것을 의미하는 것이었으니까.

짝짝.

그때, 야율곡이 박수를 쳤다.

"백운신룡, 듣던 것보다 더한 미친놈이로군."

콰아아! 스아아!

그의 살기 어린 눈빛이 유신운을 향하자, 사위가 진동할 정도의 강대한 오염된 마나가 야율곡의 전신에서 퍼져 나왔다.

"고맙군. 칭찬으로 듣지."

하지만 유신운은 조금도 신경 쓰지 않으며 그저 어깨를 으쓱할 따름이었다.

"허, 마기로 죽어 간다는 것도 죄다 거짓이었던 것 같군. 느껴지는 기운이 보통이 아니야."

유신운의 태연자약한 모습에 야율곡이 헛숨을 내쉬며 말했다.

'……설마.'

반면 계승교는 계속해서 머리를 굴리며 여러 사실을 유추해 갔다.

그리고 마침내 그는 결론을 내렸다.

"혹시나 했건만…… 역시 네놈은 이전에 은총의 힘을 본 적이 있는 게로구나."

"뭐, 그게 무슨 말이냐?"

계승교의 말에 야율곡이 깜짝 놀라 되물었다.

그러나 계승교는 대답 없이 제 말을 이어 갔다.

"……그래, 네놈이 태령주를 죽인 범인이었군."

"……!"

계승교가 그렇게 추측한 이유는 간단했다.

그들이 내뿜는 은총의 힘은 인외의 영역.

처음 보는 상대는 그 힘 앞에 당황한 기색을 먼저 보여야 마땅했다.

하지만 유신운은 너무도 침착했다.

마치 이전에 이미 여러 번 그 힘을 보기라도 한 것처럼.

"끌끌, 이렇게 머리에 피도 안 마른 녀석에게 지금껏 혈교가 농락당하고 있었다니."

계승교의 말에 상황을 파악한 야율곡은 어이가 없어 웃음이 새어 나왔다.

"지겹군. 언제까지 그렇게 떠들고만 있을 거지?"

말을 마친 유신운이 곧장 허공에 손을 뻗었다.

우우웅! 촤아아!

"……!"

"……저건!"

아무것도 없던 허공에 생긴 틈에서 유신운이 흉험한 기운을 뿜어내는 의문의 대겸을 꺼내 들자 두 통천삼장은 놀란 표정을 숨기지 못했다.

'놈! 술법에도 조예가 있었나.'

'평원에 깔아 둔 진법과 술법을 파훼시킨 것도 저놈이구나!'

계승교는 적들이 몰려드는데 진법과 술법이 발동하지 않은 것이 모두 유신운 때문임을 깨달았다.

'예사롭지 않다! 최대한 빨리 죽여 버려야 해!'

스아아! 촤아아!

순간, 그가 쥐고 있던 섭선에 내기가 흘러넘치기 시작했다.

파앗!

그가 섭선을 활짝 펼치며 술법을 사용했다.

"대아귀식(大餓鬼食)의 술!"

유신운은 흑라를 탄 채 녀석의 섭선을 주시했다.

방출형 술법이라고 예상했기 때문이다.

그가가가! 콰가가!

하지만 그의 예상과 달리 변화가 발생한 것은 그가 딛고 있던 땅이었다.

계승교의 술법에 영향을 받은 대지가 느닷없이 양쪽으로 높이 솟구쳤다.

그러곤 이내 솟아오른 대지가 거대한 이빨들처럼 변모하더니, 그대로 유신운을 씹어 먹듯 덮쳤다.

유신운이 계승교의 술법에 난자되는 듯했지만.

"……!"

파아아! 콰아앙!

흡사 태풍과 같은 충격파가 터져 나오며, 그를 덮쳤던 흙더미를 사방으로 날려 버렸다.

"쯧, 잡스럽군."

가볍게 융독겸을 한 번 휘두르는 것만으로 계승교의 술법을 격파한 유신운이 혀를 차며 말했다.

'……대아귀식의 술은 최고위 술법 중 하나. 그것을 이리 간단하게 파훼한다고?'

자신의 비장의 술법 중 하나를 너무나 쉽게 무효화하자 계승교는 어안이 벙벙할 따름이었다.

최고위 술법은 아래 수준의 술법들과는 완전히 격이 달랐다.

완벽히 발동된 최고위 술법을 깨뜨리는 건 오로지 더욱 강력한 술법의 힘으로만 가능했으니까.

그리고 그 말인즉슨.

'……말도 안 돼.'

백운신룡이 자신보다 뛰어난 수준의 술법가라는 뜻이었다.

계승교가 입안의 살을 씹었다.

인정할 수 없었다.

자신은 혈교 최고의 술법사인 이령주에게도 인정받은 존재가 아니던가.

그렇게 계승교가 심마에서 벗어나지 못하자, 야율곡이 눈살을 찌푸리며 한 발 앞으로 나섰다.

"마뇌, 바깥을 다스리고 있어라. 이놈은 내가 처치하지. '장막'을 부탁한다."

야율곡의 말에 퍼뜩 정신이 돌아온 계승교가 힘없이 대답했다.

"……알았다."

순간, 계승교가 진기를 끌어 올리며 하늘을 향해 섭선을 휘둘렀다.

좌아아아!

'호오.'

그러자 하늘에 나타난 기이한 변화에 유신운의 눈에 이채가 떠올랐다.

스가가가!

파아아!

하늘에서 상서로운 빛줄기가 뿜어지기 시작했다.

순식간에 퍼져 나간 빛줄기는 유신운과 야율곡을 뒤덮었다.

속이 비치지 않는 불투명한 반구가 두 사람을 집어삼켰다.

"어때, 마음에 드나?"

야율곡이 비릿한 미소를 지은 채 유신운에게 말을 꺼냈다.

그의 몸 주변으로 오염된 마나가 타오르는 불꽃처럼 휘몰아치고 있었다.

"뭐, 고마울 따름이군."

그러나 유신운은 예의 태연함 그대로였다.

처척.

그 모습을 보며 야율곡이 몸을 낮추고 두 주먹을 움켜쥐며 전투태세를 갖추었다.

진한 살기를 내뿜으며 그가 말을 꺼냈다.

"내가 전투에서 가장 믿는 것은 본능이다. 이 감각만을 믿고 살아온 결과, 수많은 혈전의 승자는 모두 내가 되었지."

순간, 유신운의 눈에 그의 목과 손목에 걸린 염주가 들어왔다.

그것들의 재료는 모두 야율곡이 처치한 적들의 두개골이었다.

그그극! 그드득!

뼈가 뒤틀리는 소리가 울려 퍼졌다.

"그리고 내 본능이 지금 네놈에겐 처음부터 전력을 다하라 말하는구나."

오염된 마나가 더욱 휘몰아치며 그의 외견이 변하기 시작했다.

그의 양 어금니와 송곳니가 커져 바깥으로 튀어 나왔고, 그의 피부 위로 뱀의 비늘이 돋아났다.

하지만 그것 말고는 인간의 형태를 그대로 띠고 있었다.

담풍 정도는 아니지만, 그래도 오염된 마나의 조작이 수준급에 도달했다는 징표였다.

"죽여 주마!"

곧이어 야율곡이 세로 동공의 눈을 번뜩이며 유신운에게로 달려들었다.

콰가가가!

파바바!

야율곡이 발을 딛는 곳마다 파편이 어지럽게 날리기 시작했다.

일보, 일보에 가공할 파괴력이 담겨 있었다.

찰나의 순간에 유신운의 코앞에 당도한 야율곡이 주먹을 휘둘렀다.

그의 주먹 위로 오염된 마나가 휘몰아치고 있었다.

콰아앙! 콰가가!

유신운은 흑라의 고삐를 당겨 녀석의 공격을 가까스로 피했다.

그러나 야율곡은 멈추지 않고 계속해서 유신운에게 파상 공세를 쏟아 내기 시작했다.

야율곡이 받은 몬스터의 힘은 '무익룡(無翼龍), 린드웜'이었다.

린드웜은 용족 몬스터였으나 드래곤보다는 공룡에 가까운 몬스터였다.

날개와 앞다리가 없고 두 다리만이 존재했다.

하지만 린드웜의 외피는 드래곤 스케일이라 불릴 만했다.

'내 외피는 술법을 막아 내지! 한낱 술법가 따위가 날 해치울 수 있을 것 같으냐!'

그랬다. 린드웜의 외피는 강대한 마법 저항력을 지니고 있었다.

전생에서 린드웜이 괜히 위저드 킬러라 불리는 것이 아니었다.

콰드득! 콰직!

야율곡이 주먹을 뻗을 때마다 지면에 운석이 떨어진 것처럼 거대한 흔적이 남았다.

"언제까지 그렇게 쥐새끼처럼 도망치기만 할 테냐!"

그렇게 의기양양한 태도로 야율곡이 소리치던 그때였다.

"다 읽었다."

유신운이 알 수 없는 말을 내뱉었다.

그리고 다음 순간.

"뭐? 크억!"

휘이익! 퍼어억!

이전과는 비교도 되지 않는 엄청난 속도로 움직인 흑라가 앞발을 높이 들었다가 그대로 야율곡을 짓밟았다.

'크윽! 어, 어떻게 나에게 고통을?'

말발굽에 밟힌 외피의 비늘이 박살이 나 있었다.

뒤로 물러나 고통을 참아 내는 야율곡의 눈에 유신운의 비릿한 미소가 보였다.

보이는 것과 달리 유신운은 야율곡의 공격에 도망을 다니고 있던 것이 아니었다.

그는 야율곡은 신경도 쓰지 않은 채, 말에 탄 채로 눈앞에 떠오른 새로운 메시지를 천천히 읽어 내려가고 있을 뿐이었다.

[플레이어가 용족 몬스터와 조우했습니다. 칭호, 드래곤 슬레이어가 자동으로 활성화됩니다.]

[히든 조건을 만족하였습니다.]

[유령마, '흑라'의 존재로 인해 칭호, '드래곤 슬레이어'가 진화합니다.]

[새로운 칭호, '멸룡기사(滅龍騎士)'로 진화하였습니다.]

드래곤 슬레이어.

모든 용족계 몬스터와 싸울 때, 한계를 돌파한 영역까지 신체 능력을 급상승시키는 최강급 칭호였다.

그런데 그 종결급 칭호가 '유령마, 나이트메어' 스킬로 부활시킨 흑라의 존재로 생각지도 않게 새로운 단계로 진화한 것이었다.

히히힝!

투다다다!

흑라가 거친 울음소리를 토해 내며 야율곡에게 돌진했다.

"허억!"

야율곡이 식겁한 반응을 보였다.

눈 깜짝할 사이에 자신의 코앞에 등장한 흑라가 다시 한번 말발굽으로 내리찍고 있었기 때문이다.

야율곡이 빠르게 양손을 교차하여 자신의 머리 위로 올렸다.

콰드득! 빠각!

"끄아아악!"

하지만 흑라의 말발굽에 기운을 두른 팔뼈가 수숫대처럼 박살이 났다.

'놀랍군.'

중급 소환수 정도에 불과한 유령마 나이트메어가 엄청난 위용을 내뿜고 있었다.

유신운은 그 모습을 보며 미리 훑어본 시스템 메시지에 적혀 있는 내용이 틀리지 않았음을 깨달았다.

'드래곤 슬레이어 칭호의 권능을 흑라가 공유한다는 게 정말이었군.'

멸룡기사 칭호의 위력은 유신운의 힘이 강화되는 것이 아니었다.

드래곤 슬레이어의 권능을 그가 타고 있는 말에게까지 전파시키는 것이 바로 멸룡기사 칭호의 힘이었던 것이다.

조화신기와 멸룡기사의 칭호가 합쳐진 흑라는 상상을 초월한 힘을 뿜내고 있었다.

그렇게 야율곡이 말발굽에 짓밟혀 허무한 최후를 맞이하려던 그때.

'끄윽! 이, 이대로는 안 돼.'

파바밧!

겨우 정신을 차린 야율곡이 전력을 다해 뒤로 물러났다.

그러자 흑라가 다시금 달려들려 했지만, 그보다 먼저 야율곡이 최후의 비기를 사용하였다.

　그아아아! 콰아아!

　야율곡의 전신에서 뿜어지던 오염된 마나가 진한 초록빛으로 물들기 시작했다.

　처척!

　"죽어랏!"

　야율곡이 처절한 외침과 함께 수인을 맺자 그의 몸에 일렁이던 오염된 마나가 한 줄기의 섬광처럼 유신운에게 쏟아졌다.

　린드웜의 최후의 무기인 애시드 브레스였다.

　상대를 흔적조차 없이 녹여 버리는 독포가 유신운을 향해 날아왔다.

　독포는 흑라가 피할 수 있는 모든 사위를 점하고 있었다.

　콰가가가! 콰아아!

　'끝났다!'

　결국 유신운과 흑라는 독포에 완전히 뒤덮여 버렸다.

　이제 뼈도 남기지 못하고 녹아 내리리라.

　야율곡은 자신의 승리를 직감했지만.

　"……!"

　이어 드러난 모습에 그의 두 동공이 지진이라도 난 듯 흔들렸다.

"……마, 말도 안 돼! 어떻게?"

놀랍게도 그의 독포에 정통으로 직격당한 유신운은 아무런 피해도 입지 않은 멀쩡한 모습이었다.

"운도 없구나."

그때, 유신운이 조소가 가득한 표정으로 말을 꺼냈다.

"……뭐?"

"용에 이어 숨겨 둔 비장의 무기가 '독'이라니 말이야."

유신운의 의미를 알 수 없는 말에 야율곡이 당황하던 찰나.

부우웅!

유신운이 느닷없이 쥐고 있던 융독겸을 하늘로 높이 던졌다.

콰가가가! 스가가가!

하늘 높이 오른 융독겸은 곧이어 하늘에 녹아들 듯 감쪽같이 사라졌다.

[플레이어가 '조화신기'로 보패, '융독겸'을 사용하는 데 성공하였습니다.]

[히든 효과가 발휘됩니다.]

[보패, '융독겸'의 새로운 권능을 획득하였습니다.]

그 순간, 야율곡의 본능이 미친 듯이 발작하기 시작했다.

주인에게 닥쳐오는 죽음을 경고하고 있었다.

'도, 도망쳐야 해.'

하지만 아무리 주위를 둘러보아도 그가 도망칠 곳 따위는 없었다.

"으아아아!"

절망과 공포에 휩싸인 그가 유신운에게로 달려들던 그때.

[보패, '융독겸'의 새로운 권능, '신혈진(神血陣)'을 발동하였습니다.]

"녹아 흩어져라."

유신운이 융독겸의 새로운 권능을 발휘했다.

다음 권으로 이어집니다